U0055265

牛車走過的歲月

人間有夢

凌煙 —— 著
李岳峰 —— 故事構想

本書原始架構與人物情節，由李岳峰導演提供。

序／農業社會堅毅如台灣牛的傳統女性

十多年前，李岳峰導演製作執導的電視劇《後山日先照》在公共電視熱播，我看了大受感動。早年李導演所拍攝製作的一系列本土八點檔《愛》、《緣》等戲劇便膾炙人口。而在《後山日先照》這部文學作品改編的戲劇中，李導演用鏡頭說話的功力更加爐火純青。在國民政府軍隊高壓統治台灣人民的流血衝突事件當下，一位備受地方民眾敬重的老中醫，為了保護家中藏匿的受傷美國兵而被射殺，一家老小哭成一團。剛生下一窩小狗的家犬苦樂也因護主吠叫，被一槍擊斃，留下一群失怙哀嚎，嗷嗷待哺的幼犬。那些鏡頭如此撼動人心，我就像幼年時著迷歌仔戲的小戲迷那樣，寫信請公共電視轉交給他，表達我內心對他的敬佩，並且希望他往後可以多拍一些文學作品。想不到李導演很快就回應我，還送我他製作的另一部戲《出外人生》ＤＶＤ給我欣賞。

不久之後，李導演到當時我們居住的「市外桃源農場」拜訪，才知原來他是高雄人，常來南部和一些老朋友相聚。李導演說他一直想為台灣農家的耕牛發聲，在科技不發達的舊時代，牛隻是最大的勞動力，對台灣這塊土地有極大的貢獻，在進步的現代社會卻逐漸被遺忘。他計畫籌拍一部戲，把農家與耕牛間的深厚情感刻劃出來，向我提了一個合作方案：用小說和戲劇來同步呈現這個故事，我當然不能錯失這個與李導演合作的機會，一口便答應下來。

正式簽下委託創作的合約後，李導演很爽快的預付了一筆豐厚的稿酬。為了深入了解日治時期的社會狀況，與經歷戰爭、國民政府統治下的台灣百姓生活情景，不會使用電腦查資料的我，買了數萬元關於早期台灣歷史研究的書籍閱讀，也因為這個合作案，終於讓我這個求學時長期被洗腦的五年級生，有了校正自己的歷史觀點，重新認識台灣這片土地的機會。

感謝李導演耐心的等待了十年，在十年的創作期間，他不時的提供許多想法與建議，而我也有屬於我自己的創作理念，他都給我最大的包容與尊重。光是故事大綱就有好幾個不同版本，用稿紙寫了超過十萬字的草稿，最後為了給自己完成這部小說的壓力，我申請了國藝會的長篇小說創作補助，逼迫自己限期完成作品。在那一年的創作期限裡，我連續數月閉門寫作，將十萬字草稿打掉重練，用一指神功在平板上一字一句打出《牛車走過的歲月》三部曲，以台灣歷史為背景，用一頭耕牛串連起地主、殷商、佃農、醫生四個家族的命運興衰。

我把傳統社會中台灣女性的堅毅精神，與在農家裡默默付出一生辛勞的耕牛作結合，呈現他們為家庭所作的犧牲奉獻。

李岳峰導演以《牛車來去》向勞苦功高的台灣牛致敬，我以《牛車走過的歲月》向台灣所有傳統女性致敬。她與牠在台灣這片土地留下的腳印，見證過台灣一路走來的種種苦難，從黑暗走到光明。雖然歷史沒有記載他們的偉大，但我們都該感恩他們的貢獻。

人物簡介

榕樹王庄　蔡家

蔡土水　陳家佃農，後帶著阿春、永隆、阿發遷居高雄。

蔡李圓　土水之妻，勤儉樸實的農家婦女。遭毒蛇咬傷後放棄去醫院治療而病逝。

蔡有忠　蔡家長子，因肝病早逝。

阿春　有忠之妻，為報陳家恩情答應借腹生子，是陳世傳的生母，也為蔡家換回了一頭牛母。

蔡永隆　有忠與阿春之子，因父親早逝立志成為醫生，後與邱玉蘭結為夫妻。

水蛙發仔　阿春之弟，以抓水蛙為生。

蔡有義 蔡家次子，因家貧，在太平洋戰爭時選擇募兵入伍，日本戰敗後，一無所有地回到台灣。

阿彩 有義之妻，心胸狹窄，處處計較，常常為難阿春。

蔡招弟 有義與阿彩的養女，暗戀永隆，終因養母的刻薄與原生家庭的貧窮，而選擇下海做酒家女。

蔡金環、玉環、銀環 有義與阿彩的女兒。

蔡永興 有義與阿彩的長子。

陳家

陳進丁 地主，德隆發商號老闆，為人寬厚仁慈。曾在蔡家有難時伸手相助，並在世傳五歲時履行與阿春的約定，收租時帶著世傳來到蔡家。

陳李玉枝 進丁之妻，因心臟病早逝。

陳博文 陳家獨子，於二二八事件被清鄉流彈擊中身亡。

林千佳 博文之妻，慈愛醫院院長千金。婆婆玉枝、丈夫博文相繼去世後，與公公進丁協力拉拔世傳長大。

陳世傳　博文跟阿春生下的借腹子，但本人一直認為千佳才是生母。幼時由家中長輩作主與邱玉蘭指腹為婚。上國中後與永隆結拜為兄弟。

金火　玉枝的表哥，長久在德隆發商號擔任管事，忠心耿耿。溺愛兒子春生。

春生　金火之子，進丁和玉枝的義子、博文的兒時玩伴。好賭成性，在外風評不佳。

阿興、阿菊、滿福嫂　陳家傭人。

邱家

邱添財　跟進丁是朋友，因國民黨推行「耕者有其田」的土地政策而失去土地。在白色恐怖的高壓下，敢怒不敢言，加上長子放蕩不成材，內心抑鬱難申，妻子病故後，也因酒醉落水身亡。

邱王金枝　添財之妻，因病亡故。

邱萬成　邱家長子，因罹患小兒痲痺跛腳，又被稱為跛腳成仔，與酒家女月嬌真心相愛。曾頂下酒家自己當老闆，後因得罪調查局官員，酒家被縱火燒毀。搬到高雄後改經營地下酒家。

邱萬順　邱家次子，不幸於太平洋戰爭犧牲，留下遺腹女兒玉蘭。

阿妙　邱家養女、萬順之妻。萬順死後不甘年輕守寡過一輩子，拋下女兒玉蘭與長工阿良私奔。

邱玉蘭　萬順與阿妙之女，原與世傳有指腹為婚之約，後嫁給永隆。

阿良　邱家長工，與阿妙情投意合，為了擺脫貧窮的命運，帶著阿妙遠走他鄉。

林家

林伯元　慈愛醫院副院長，國民政府來台灣後，被視為親日份子。

林蔡美慈　伯元之妻，出生富裕世家，溫柔賢淑。

林承志　林家長子，留日學醫。戰後決意留在日本，歸化日本籍。

鈴子　承志日本籍的妻子，二人為醫學部同學。

林承杰　林家么子，白色恐怖時期被逮捕且遭刑求，雖在眾人奔走下被放回，卻精神失常。

林千惠　林家次女、千佳之妹，少女時暗戀日本警察石原康郎，後為營救承杰出獄而下嫁外省警察王永剛。

牛車會社

牛頭 牛車會社頭領，恆春人，彈得一手好月琴。妻子早逝。

阿志 牛頭之子。

添叔 五府千歲廟主委，主持宋江陣團練。

福哥福嫂 牛車會社成員，育有二子阿昇、阿郎。

祥哥祥嫂 牛車會社成員，育有二子阿朋、阿光。

寶貴 榕樹王庄隔壁村的寡婦，獨自來到高雄，騎著三輪車到處販賣自己熬煮的青草茶與冬瓜茶。

阿海 牛車戶。

阿淑 阿海之妹，在屏東鄉下照顧年邁的父母而耽誤婚期。後因在阿春的店裡幫忙，與阿發來往密切。

其他人物

林順卿 外號「空卿」，與博文、千佳為小學同學，因不滿國民政府官員貪污腐敗而領導抗爭，二二八事件時因博文示警而逃過一劫，但終身殘廢跛腳。

林桑　櫻花食堂老闆，於二二八事件被清鄉流彈擊中身亡。

沙枯拉　櫻花食堂老闆娘，出生於日本琉球。國民政府接收台灣後，為避免被強制遣返，改名林鳳英、隱藏自己的日本口音，並讓空卿頂替亡夫的身分。二人從北港來到高雄，數十年來如姊弟般互相照顧。

乃木太郎　慈愛醫院院長，伯元東京帝國大學醫學部的學長。

石原康郎　日治時期在台灣擔任巡查，曾與千惠互有情愫，戰後返回日本。

王永剛　外省青年，跟隨國民政府來台，任職北港派出所所長。對千惠一見傾心，用盡心機與千惠成婚。

王仁義　王永剛之父，為人正直和善，樂於助人。

趙富　北港派出所副所長，為人長袖善舞。

鯏鰡　邱家田佃之子，耕者有其田施行後，擁有屬於自家的田地，對落魄的萬成也不再卑躬屈膝。

阿明　天香閣走桌小弟，介紹月嬌給萬成。

牛販仔宋　四處遊走買賣牛隻，兼做牽猴仔（仲介），涉及人口買賣等非法生意。

月嬌　天香閣酒家女。

黑熊

屏東霧台原住民青年，與部落少女阿香互許終身，退伍後卻發現阿香下落不明。為了找尋心上人而來到高雄港碼頭當搬運工，住在愛河畔的蘆葦欉簡易草茅裡，閒暇時會去牛車會社和大家聚會。

一

歲月的長河在紅塵中悠悠流動，許多黑暗的、悲痛的、美好的記憶，都深埋在這條時光之河的底層，悲痛終將過去，黑暗總會被光明取代，那些美好的事，不會隨時間消失，因為都將會雋永的刻劃在心頭。

永隆於半夢半醒之間，隱約聽見陣陣牛鈴聲，由遠而近，彷彿一輛輛牛車依序走過窗前，夾雜著人聲與牛鳴，令他內心油然而生一股穩定安適的感覺。

打開腦中記憶那扇窗，他看見牛頭叔、祥叔、阿公、和那些在牛車會社共同生活的人依序走過窗前，晨曦在他們臉龐沐上一層金黃色光芒，世界充滿美好的希望與未來。

玉蘭起床的動作將他從夢境拉回現實，他出聲交代說：

「莫做早頓，咱撮老母來去會社遐食豆乳。」

至今他還是習慣稱那裡為會社，儘管五福橋愛河畔那一帶已經成為觀光勝地，對他而言，在那裡生活的所有回憶仍深刻停留在腦海。

「焉爾予你先洗手面，我來去看阿母起來未？」玉蘭走出臥室。

永隆即刻起身下床，進入浴室漱洗，換好外出服後走向隔壁母親的房間。玉蘭已經幫婆婆換掉睡衣讓她坐在床邊的一把椅子上。阿春穿著一件白色襯衫，衣領上繡著素雅的花朵，她的衣服每件都穿十年以上，沒破損她絕對不會丟掉，也不喜歡孩子們為她多花錢，大家只能在她的生日或過年，買衣服當禮物送她。

「阿母！昨暝睏有好否？」永隆先出聲問候，然後走入母親臥房的浴室內端熱水，準備服侍母親漱洗。

自從前幾年阿春在浴室摔了一跤後，永隆就嚴格禁止她單獨行動，要上廁所或洗澡都要有人在旁邊協助才行，而每天早上幾乎都由他為母親端水讓她刷牙洗臉，他也把這個視為母子間的親密活動。

「普普矣，老人攏嘛是焉爾，睏咧醒咧，無法度一醒到天光。」阿春接過永隆遞給她的漱口杯和擠上牙膏的牙刷，開始就著空臉盆刷牙。

永隆站著等候，抬頭欣賞母親身後牆上掛著的兩幅油畫，畫中的兩個女人，一個鬢邊插著牡丹，一個插著芙蓉，牡丹嘴角緊抿透著一股高傲的貴氣，不若芙蓉露出淺笑顯得平易近人許多。

阿春刷好牙，漱完口，永隆端去浴室倒掉，清洗過臉盆後，又端一盆熱水出來，擰乾放在水裡的毛巾，交給母親擦臉。九十幾歲的老人能如此耳聰目明，身體各部位都健朗者，十分少見。

「早時睏醒彼下，夢見猶住佇沙仔地的牛車會社，佮恁阿公做夥在搬貨，可能老矣，搬佮足忝的。」阿春邊擦臉邊說話。

永隆聞言笑了起來：「阿母！咱母囝連心喔！我早起嘛夢著猶睏佇牛車會社彼間柴板仔茨，逐早起都予牛鈴瓏仔聲扑醒，攏毋免用鬧鐘仔叫起床。」

玉蘭去房間換好衣服回來，笑著接口說：「我看恁母囝是想欲去食老王豆漿的饅頭豆奶啦！」

阿春微笑著應答：「足久無去遐看看咧，毋知變焉怎矣？今嘛社會進步太勁咧，路攏袂記得矣。」

那笑容與油畫中的芙蓉女子神情相仿，只差刻畫在臉上的歲月痕跡。

永隆開車載著母親與妻子出門，尚未到上班時間的早晨，市區道路有種寧靜感，車速緩慢行駛，從中華一路往市中心走，到大立百貨公司的圓環右轉五福，經過愛河橋，阿春回憶的說：

「以早佇這駛牛車的時陣，這條橋是柴板仔起的，牛車輪輾過攏會窸窸窣窣。」過橋後車子左轉公園路，昔日俗稱沙仔地那一帶，已開發成為珍愛碼頭的觀光景點。永隆找到一個停車位，把車停妥，後座的玉蘭先下車，再攙扶婆婆下車。

阿春放眼四周景物，每次都呢喃著相同的話：「佮以早攏無相同矣！」

「若以早這個時陣，已經規路攏是赤牛在走的鈴瓏仔聲，佮駛牛車的人喝牛的聲，今嘛攏是車聲。」永隆緬懷的說著。

「咱過去住的所在，已經毋知佇佗位矣？」阿春東張西望，努力想找尋過去的遺跡。

「大約是佇彼位啦！」永隆指著右前方不遠的地方說。

阿春順著永隆所指的方位望去，語氣悠悠的說：「我攏算袂清楚咱住佇這的時陣，到這當今經過偌濟冬矣？」

「有五十外年矣！」永隆牽著母親的手，緩步朝附近的一條街道走。

玉蘭跟隨在後，充滿感慨的說：「時間過了真緊，目一睨，竟然已經五十冬矣！」

他們走了一小段路，老王豆漿饅頭的招牌映入眼簾。才靠近店門口，與永隆年齡相仿的小王，操著一口標準台語，問候他：

「蔡院長，哪有閒倘來？」

「予你的豆奶饅頭㗎來的。」永隆扶母親在一個角落位置坐下。

「蔡媽媽，妳猶是這爾老康健。」小王親自為他們端上熱豆漿。

這家店從老王在這裡落腳，做到現在第三代開始接班，是永隆從十二歲吃到現在的一家早餐老店，滋味還是沒變，香濃的豆漿，老麵發的饅頭，還有酥脆的燒餅油條與水煎包，老王的手藝代代相傳並無走味。

吃完早餐，永隆開車回愛河邊找停車位，然後和玉蘭攙著母親在河堤邊散步。牛車會社不在了，位於河北路與市中路的乞丐寮也消失，往事悠悠，如河水在記憶中流動，回流至一九五三年的春天。

*

圓仔過世後，阿彩尖酸刻薄愛計較的個性更加無所忌憚，只要男人們不在場，她總是反覆追問著婆婆去世那天的細節，探詢說：

「阿母彼工私底下敢有佮妳交代啥？」

「無咧。」阿春淡然回答。

阿彩懷疑的看著她：「伊會攏無交代？我毋信。」

「妳認為伊有啥物欲交代的？」阿春無奈的問。

阿彩直接回說：「手頭啊！伊無佮手頭交代妳？」

「猶有阿爸佇咧，是焉怎要佮手頭交代我？」阿春反問。

阿彩瞇著細小的眼睛，帶著一絲嘲諷的說：「阿母赫爾敖替永隆扑算，敢無偷藏私奇欲予永隆？」

「舊年才買彼塊地，錢攏傾出去矣，阿母哪猶有私奇予永隆？毋信妳去問阿爸。」阿春心平氣和的說，不想和阿彩鬥氣。

「阿爸、阿母攏嘛是為恁的。」阿彩悻悻然走開。

清明培墓，圓仔剛過世，新墳不用掛墓紙，阿春一早就帶永隆去給有忠整理墓地，簡單祭拜完回家，還要趕著煮飯菜在中午前拜祖先。永隆對阿春說：

「阿母，祥仔招我做夥去放牛，我牽牛仔囝出去食草。」

「毋倘尚晏返來，中晝前猶閣要拜祖先。」阿春交代。

永隆在溪埔與愛啼祥仔和阿貴會合，祥仔告訴永隆和阿貴：

「我……佮恁報……一個……好孔的。」

「啥物好孔的？」兩人同時反問他。

「我……撮恁來去……一位所在……臆墓粿，閣有一……角銀……倘提喔！」祥仔口吃的說著。

「好喔！咱來去。」阿貴興奮回答。

「咱的牛欲焉怎？」永隆問。

「放兮……邊仔……食草就好。」

他們朝向遠處的墳場走，來掃墓的人很多，祥仔牽著一頭水牛，領著永隆來到一處地勢較平的草地，兩人各自把牛繩綁在一棵矮灌木的樹頭上，讓牛低頭吃草，祥仔就帶他們往墓地裡彎來繞去的走著，永隆疑惑的問他：

「是欲行去佗位？」

「有一個……寶貴姨仔……做人介好，揣著伊……才有……墓粿倘臆。」

這個墓地是屬於鄰村的公墓，都緊鄰牛稠溪埔，祥仔經常出來替人四處放牛吃草，所以知道的事情比永隆多。

「寶貴……姨仔！」祥仔對著一位正彎腰在割墓草的婦人喊。

寶貴姨站起身來，對他們露出一個開朗的笑容。

「祥仔，你撮朋友欲來幫我湊薅草呢？」

「無……毋對。」

永隆和阿貴聞言，主動過去動手清除墓地周邊及墳塋上的雜草，三個人幫著寶貴姨把墓地整理乾淨，又幫忙取土塊壓住墳頭上的各色墓紙。

寶貴姨摘下布巾包著的斗笠，露出一張眉毛修得細彎彎的白淨臉龐，從帶來的竹籃裡端出一盤草仔粿，和祭祀的飯菜擺在墓碑前，用火柴點燃三柱香，開始喃喃自語的和躺在墳墓裡的丈夫說話：

「福仔，燒予你的所費你要儉儉用，毋倘像在生的時陣赫爾匪類，也欲博也欲啉，予宗族仔內的人看袂起，我嘛毋知家己猶會當忍耐偌久，你短命早死，咱唯一的後生閣破病夭折，我的人生完全無啥倘俠望，常常予人講閒仔話實在足煩，福仔，有一日我若離開亦是不得已的代誌，你要原諒我，知否？」

永隆在旁邊聽著寶貴姨訴說心事，彷彿能感受她心裡的無奈。

「阮老母佮妳相同，攏守寡。」永隆主動告訴她。

寶貴姨露出同情的眼神說：「你以後一定要友孝恁老母。」

「兮是當然的。」永隆大聲回應。

寶貴姨摸摸他的頭說：「恁老母比我較好命，伊至少猶有你倘俠望。」

永隆一知半解的告訴她：「阮阿母講俠望别人，不如俠望家己。」

寶貴姨看著他，露出一個笑容：「恁老母講的有道理。」

他們三人幫寶貴姨在墳前燒完一堆銀紙，她笑著宣布：「臆墓粿開始，誰欲先臆？」

「我，我，我。」三人都搶著舉手。

「知也的就先講：千條線，萬條線，落到水底攏無看。」寶貴姨出謎題。

「落雨。」阿貴最先搶答。

寶貴姨給他一個草仔粿，又從褲袋裡掏出一角錢給他。

「一堆草，亂糟糟，無人算會了。」

「頭……。」愛啼祥仔急著想說，卻越說不出口。

「頭毛。」阿貴和永隆同時回答。

「你有臆就好矣。」寶貴姨對阿貴說，把草仔粿和一角元給永隆。

祥仔見他們兩人都有墓粿和一角，急著對他們說：「恁……袂使得……佮……我搶矣。」

「一個囝仔欲死欲死，後壁馱兩斗米。」寶貴姨故意出題逗祥仔。

「是……卵……葩。」祥仔紅著臉回答。

寶貴姨把草仔粿和一角元給他，特別交代說：「要佮阮翁的墓顧予好，毋倘予牛走來亂踏喔！」

祥仔用力點頭答應，寶貴姨收拾東西離開，三人心滿意足的走回綁牛的地方，卻只看見祥仔的水牛，不見永隆的小牛。

「害矣，我的牛無去矣。」永隆急著四處張望。

「可能……索仔……落去。」祥仔判斷。

「大家分頭去揣看覓。」阿貴提議。

永隆在尋找小牛途中，遇到招弟來叫他回家拜祖先，他把手上的草仔粿和一角元交給她保管，急匆匆的對她說：

「牛仔囝毋知走對佗位去，我要趕緊佮伊揣返來，妳先返去。」

永隆和祥仔、阿貴在附近的溪埔都找不到小牛的蹤跡，三人碰頭時，祥仔憂慮的說：

的事。

「毋知……敢會……拄著偷……刣牛的。」

「偷刣牛？」永隆臉色大變。

「聽講偷刣的腳手真勁，無兩三下手，一隻牛就賭一粒牛頭佮腸肚。」阿貴說著他聽來

「會佇佗位偷刣袂予人看著？」永隆惶恐的追問。

「甘蔗園裡。」阿貴說。

永隆抬頭望向遠方接近路口的那片甘蔗園，立刻拔腿狂奔，阿貴追隨在他後面，祥仔因為還要看著水牛，所以只能焦急的望著他們的背影。

土水一早就去田裡巡視，也順便看看圓仔的墳墓，就像老夫老妻每天都要見面一樣。他從田裡回來，看見偶而會來家裡走動的牛販仔宋，正和有義夫妻在客廳裡喝茶，阿彩面露歡喜神色的告訴他：

「伊是來看牛仔囝偌大隻矣，有人吩咐欲買赤牛。」

「永隆講欲去放牛食草，猶袂返來。」阿春對公公說，她已經把準備祭拜祖先的飯菜端上桌，就等永隆回家。

「是佗位人欲買赤牛？」土水在飯桌邊坐下來喝水。

「是專門佇高雄港拖貨，住佇牛車會社的朋友交代的。」牛販仔宋回答。

「欲拖貨哪無買已經大隻的牛？」土水疑惑的問。

「牛佮人相同，嘛是要相替換，老牛漸漸無力，就要開始培養少年家。」牛販仔解釋。

「牛車會社是和農會相同，算公家機關呢？」有義好奇的問。

「毋是公家機關，是一寡同款佇高雄港在駛牛車拖貨的人，佇運河邊搭一片茨，共同佇遐飼牛生活。」

「駛牛車載貨敢會比做穡較好趁？」

「佇大城市總是比庄跤較好趁食。」

招弟有些惶恐的踏入客廳，阿彩見只有她回來，開口便罵：

「死查某鬼仔，毋是叫妳去揣永隆返來，人咧？」

「阿兄伊……伊……。」招弟畏懼的看著養母，又轉向阿春。

「永隆焉怎呢？」阿春難免有些緊張起來。

「出啥物代誌？」土水也急著問。

「伊的牛仔囝走無去矣。」招弟囁嚅著說。

土水和阿春都鬆一口氣，阿彩卻生氣的嚷著：「牛仔囝無去？放牛放佮予牛仔囝走無去，毋就攏顧咧躂跎？」

「無去揣返來就好。」土水看著阿彩，語氣有些嚴厲的說。

「阿兄已經去揣矣。」招弟小聲說。

「若無，我另日再閣來。」牛販仔宋站起身準備離開。

永隆拼盡全力朝向甘蔗園奔跑過去，就在距離數百公尺之遙，只見兩輛富士霸王腳踏車從甘蔗園裡牽出路面，後架上各載一個裝得鼓鼓的布袋。

「個……個……敢是……偷刣牛的？」阿貴因為劇烈奔跑，喘得說話像愛啼祥仔一樣。

永隆抱著一線希望衝進那兩人剛才出來的甘蔗園裡，他希望他們不會是偷牛賊，結果他如遭雷擊的呆立當場，瞪眼看著一片鮮血淋漓的地上有一堆糾結的腸肚，還有一顆死不瞑目的牛頭，牛鼻子上還留有一道斧鑿般的血痕，繫在牛鼻環上的那條牛繩，掛著他從北港牛墟買回來的那顆銅牛鈴。

「今嘛……是欲……焉怎？」阿貴跑到他身後，慌張的喘著氣問。

永隆過去解下牛鈴緊緊握在手中，一股怒火從心底衝向腦門，他咬牙切齒吼著：

「我絕對毋放𪜶煞！」

他轉身拔腿狂奔，朝偷牛賊離開的方向直追，阿貴沒有力量再跑下去，大聲對他喊說：

「我走袂去矣，你家己去逐，我返去佮恁兜的人講。」

聽見小牛被牽去偷宰的消息，阿彩的一張嘴巴就怒罵不停：

「是顧蹉跎毋是在顧牛啦！無彩工牛飼佮欲會賣得矣才予人偷牽去刣，這下損失大咧，攏嘛恁平常尚寵倖伊，才會這爾放蕩啦！」

「妳減講兩句會行得否？」有義看著父親陰沉的臉色，一再想勸阻阿彩。

「我講的敢無影？伊自細漢阿爸、阿母就佮伊惜命命，干單知也讀冊，毋捌予伊去田裡湊做工缺，就是焉爾才會連一隻牛都顧袂好勢。」

土水大力拍桌站起來，有義、阿彩全噤聲不語，連一直沉默站在客廳角落的阿春都被嚇了一跳，土水卻只是滿臉慍怒的走出客廳，牽出放在屋簷下的腳踏車，騎車出去尋找永隆。

永隆赤腳狂奔死命的往前追，腳底被細石刺痛也不及他心痛的萬分之一。但那兩個偷牛賊發現被追，更加用力踩著腳踏車，從鄉間道路又分頭轉入旁邊的小岔路，永隆越發急著想跑得更快些，卻突然一腳踩到土地上的小坑洞，整個人失去平衡向右側傾倒，右腳踝一陣劇痛傳來，人也重重摔倒在路面上。

永隆蜷縮起身體，抱著右腳邊喘氣邊哭嚎，除了因為腳痛，也因為不捨與心痛，還有充滿憤怒與委屈不平的情緒。

清明無雨的好天氣，過午的陽光雖烈卻不炙人，但也曬得他滿身大汗，長途奔跑讓他精疲力竭又累又渴，哭了好一陣子後情緒稍稍平緩些，他坐起來看著自己紅腫的腳踝抽噎著，心裡開始徬徨起來。

「小弟弟，你怎麼了？」

永隆抬起滿是淚痕的臉龐，看著來到他身邊這位牽著腳踏車的外省老先生。

「我摔倒，腳扭到了。」他帶著哭音的回答。

「你家住哪裡？」

「很遠的地方。」

「再遠都沒有我的老家遠。」外省老先生微笑說，然後接著問：「你為什麼會在這裡？」

「我的牛被偷殺了，我是追偷牛賊來到這裡摔倒。」說到小牛，永隆又忍不住哭了起來。

「男兒有淚不輕彈，肚子應該餓了吧？來，我給你吃個饅頭，等一下送你回家。」

老先生從車架上載著的一個木箱裡，拿出一個方形的白饅頭，用小刀從中間剖開，在裡面灑上少許白糖粉遞給他。

肚子餓到極點的永隆接過饅頭咬了一大口，因為口渴嘴乾，吞嚥時差點噎到，老先生又從車架旁邊吊掛著的保溫瓶裡，倒了一碗還溫熱的豆漿給他喝。這是永隆頭一次吃到饅頭與豆漿，那又香又甜的饅頭滋味真好，溫暖了永隆受傷的心靈。

「老伯也住在附近嗎？」他好奇問。

「前面軍營附近的眷村，我兒子是班長。」

「班長的職位很小嗎？所以你才需要出來賣饅頭？」

「是啊！一無所有來到台灣，生活不容易啊！」老先生感嘆說。

「這個饅頭又香又甜很好吃。」永隆由衷的誇獎。

這句話把老先生逗笑了，告訴他：「因為台灣產糖，大家喜歡吃甜，為了適應台灣人的口味才灑糖粉。」

老先生等他吃完饅頭喝完豆漿，才開口問他住的村落，然後扶他用單腳站起來，叫他動腳踝看看，永隆才一動就痛得齜牙咧嘴，老先生笑著告訴他：

「還能動就是骨頭沒斷，上來坐前面，我載你回去。」

永隆坐上老先生腳踏車手把後面的鐵桿，騎了很久才回到榕樹王庄，他這才發現自己竟然跑了那麼遠的路，越接近家門前心裡越恐慌，牛被偷宰他一定會被母親痛打一頓吧？

阿春見到永隆被人用腳踏車載回來，慚愧的低著頭，走路又一跛一跛的，趕緊上前問：

「腳是焉怎？」

「歪著。」永隆心虛的回答，不敢抬頭看母親。

阿春開口請老先生進來喝茶，老先生推辭，跨上腳踏車離去。

阿春把永隆揹進客廳坐在飯桌的椅條上，有義和招弟、金環、玉環等孩子，都圍過來看他腫成麵龜般的腳踝。

「哪會傷佮焉爾？」有義關心問。

「逐賊仔摔倒的。」永隆怯怯的回答，抬眼問：「阿公呢？」

招弟告訴他：「阿公騎車仔去揣你，猶袂返來。」

阿彩冷哼著問說：「無阿公予你做靠山，你會驚呢？」

永隆低頭不語，有義對阿春說：「阿嫂，我送永隆去予接骨師喬喬咧，傷佮焉爾無糊藥仔袂使得。」

阿彩立刻用尖酸的語氣說：「無予伊疼幾工仔，伊袂學乖啦！這個囝仔就是欠教示。」

阿春冷冷的回嘴：「各人的囝，各人教示就好。」

阿彩怒視著阿春說：「一隻牛仔囝會當賣偌濟錢妳敢知？這個損失這爾大，講伊兩句仔妳就毋甘呢？」

阿春胸口氣息翻滾，壓抑著反問：「敢要我提錢出來賠？」

有義見兩人話越說越僵，趕緊出聲勸阻：「好矣！攏是一家人，莫為著這件代誌扑歹感情。」

阿春也不想再和阿彩多說，冷著臉告訴有義：「永隆等阿爸返來，再用車仔載去予人看就好。」

她把永隆揹回房間，讓他坐在床沿上，端一臉盆水來幫他把頭臉擦洗乾淨。

永隆做錯事般，羞愧認錯：「阿母，攏是我無細膩，牛仔囝才會予人偷牽去刣。」

「知也毋對就好，以後較細膩咧。」阿春溫柔的對他說。

阿春去倒水時，招弟走進來，把草仔粿和一角錢遞還給他。

「粿予妳食。」他對招弟說。

永隆收下一角錢，與緊緊握在手中的銅牛鈴放在掌心裡凝視著，想起他一直用心呵護，當成好朋友般照顧長大的小牛已不在人間，疼愛他的阿嬤也過世，忍不住又傷心哭泣起來。

*

對玉蘭來說，一九五三年是她生命苦難的開端，先是照顧她的祖母過世，祖孫倆相依為命度過那段悲傷的日子，半年後大伯父拿半數耕者有其田被強制徵收補償的債券和股票，去投資開酒家，結果不到三個月被一把火燒光，還波及旁邊數間住宅與害死幾條人命，剩下半數的財產全用來賠償受害者，一年之間，邱家祖先數代辛勤累積的財產全化為烏有。

先是次子死於戰爭，再來是妻子猝逝，接著財產盡數耗盡，種種打擊已讓添財內心無法承受，日日藉酒澆愁。家中僅剩的三甲水田荒蕪，煮飯的女工也辭退，萬成因為羞愧躲在月嬌住處沒有回家，才讀國小二年級的玉蘭開始負起照顧阿公的責任，洗衣、煮飯樣樣都來，常常切菜切到手，煮飯菜被燙傷，看得添財心痛不捨，就在年底時把玉蘭送到陳家託養。

「進丁，金枝死了後，玉蘭就無人倘照顧，伊早慢是恁陳家的人，所以我佮伊送來拜託恁，請恁好好疼惜這個歹命囡仔。」添財說到最後忍不住哽咽。

在陳家的客廳裡，玉蘭早已哭腫的眼睛，還是不斷滾出成串的淚珠，拉著添財的衣服哭求說：

「阿公，我會照顧我家己，我欲佮你做夥住啦！」

添財板起臉訓斥她：「囡仔人要乖乖聽話，阿公講焉怎就焉怎，我攏是為妳好。」

「我毋要來住這啦！」玉蘭還是不停哭泣。

進丁看添財一臉憔悴的模樣，關心詢問：「添財啊！你是攏無好好食睏呢？面色赫爾歹看。」

整個人瘦了一大圈的添財沒有回答，拿出一個牛皮紙袋交給進丁，逕自說：

「我已經無偌濟財產會當留予玉蘭做嫁妝，今嘛閣需要拜託恁晟養伊大漢，所以我佮名下的兩甲土地登記予伊，總是要留一甲予我彼個無路用囝生活，玉蘭的就交代你矣。」添財像在交代遺言似。

進丁看著那個牛皮紙袋，語氣有些沉重的說：「如果你若無法度照顧玉蘭，佮伊交代予阮是無要緊，咱是好朋友哪有啥物倘計較？土地就算我替玉蘭保管，你若有需要，隨時會當提倒返去。」

進丁轉手將牛皮紙袋交給千佳，千佳看著哭得上氣不接下氣的玉蘭，又看著遭逢許多變故，不再有爽朗笑聲的添財，心裡也滿是同情。

「千佳，玉蘭這個查某囡仔就交代妳矣，妳就佮伊當做是恁兜的新婦仔同款，好好牽教，會當自細漢落恁的家教，以後欲捧恁的飯碗才捧會起。」添財對千佳交代。

「阿公，我毋要住這啦！」玉蘭一直哭著重複這句話。

在旁邊默默看著這一切的世傳，突然開口對玉蘭說：「來住阮這好啦！以後咱兩個就有伴矣。」

添財欣慰的對世傳說：「是啊！恁兩個要做一世人的伴，我以後會當放心矣。」

添財要離去時，進丁叮囑他：「你家己要保重，為著玉蘭一定要較堅強咧，有時間就過來行行看看咧。」

添財眼眶含淚的點點頭，玉蘭緊抓著他的衣服下擺不放，他只好用力扳開她的手，將她推到千佳身邊。

玉蘭放聲大哭起來，邊無助吶喊：「阿公！我欲綴你返去，我毋要住這啦！」

她又跑回添財身邊拉著他的衣擺，添財又再次生氣將她推開：

「妳若毋聽話，阿公就無要來看妳矣。」添財語帶威脅的說。

玉蘭不敢再上前，只是一直哭叫著：「阿公——阿公——。」

添財咬著牙狠心離去。

五天後，他浮屍在自家農田附近的大圳溝裡，地方上議論紛紛，有人說他是巡田水時失足落水，有人說他是投水自盡。

進丁交代與萬成私交不錯的春生協助處理添財後事，喪葬費用都由進丁負責，萬成選擇將父親葬在鎮上的公墓裡，月嬌以媳婦的身分來送行。一路上只有玉蘭哭得無法自己，穿著孝服的八歲小女孩，不斷哭喊阿公的悲慘聲音，令聞者皆感鼻酸。

二

一九五四年夏季，進丁雇車送世傳與玉蘭來榕樹王庄度假，每年暑休來鄉下度幾天假，已成為孩子們最期待的事。

「恁這時陣來拄好，阮兜牛欸欲生囝矣。」永隆興奮的告訴世傳和玉蘭。

「真的？咱來去看覓。」世傳急著往牛欄跑。

牛欸肚子圓滾滾的，還是一派悠閒的站著嚼食蔗尾，世傳疑惑的回頭問永隆：

「哪有欲生？看伊佮平常同款啊？」

「你摸看覓，伊的腹肚在振動喔！」永隆教他把手掌貼在牛欸肚子上。

「真的呢！是牛仔囝佇內面在振動，是講牛仔囝是焉怎會佇內面？」世傳好奇的問永隆。

永隆告訴他：「是牛販仔牽牛公來扑種的。」

世傳還是不明白：「啥物是扑種？」

「啊就像阮阿公牽豬哥去扑豬母焉爾扑啊！」永隆抓著頭不知該如何解釋。

世傳指著站在屋簷下，也挺著一個大肚子的阿彩問永隆：

「恁阿嬸就是予恁阿叔扑，所以才會大腹肚呢？」

永隆有些臉紅的回答：「這種扑佮彼種扑無同啦！」

玉蘭因為以前在家看過牛在交配，所以也跟著臉紅起來，故意轉移話題問招弟：

「恁養母若閣生，妳會閣較辛苦。」玉蘭看著她說。

九歲的招弟身邊帶著三歲的金環與兩歲的玉環，照顧養母生養的弟妹是她在這個家中的任務。

招弟無奈的小聲回答：「我哪敢叫艱苦？」

進丁和土水在客廳喝茶閒聊，告訴他添財去年底去世的事，土水也很感慨，畢竟他曾經是他們家的地主，有義倒是對萬成還存著許多不滿，批評說：

「人講僥倖趁失德了，跛腳成仔這個人就是做人尚囂擺，才會有這款下場，真正是了尾囝，想著以前伊對阮這些田佃赫爾刻薄，我看無人會同情伊。」

進丁聽有義這樣說，尷尬的沉默著。

阿彩挺著大肚子，坐在飯桌邊的椅條聽他們談話，趁機插嘴問進丁：

「頭家，毋知咱這塊地敢會使得像政府的耕者有其田焉爾，賣予阮？」

土水生氣的罵阿彩：「恁父猶袂死咧！輪袂到妳講話。」

阿彩毫不退縮的回說：「阿爸若無想欲買，阮想欲買起來家己做，今嘛囝仔一個一個出世，阮總是要想較長咧。」

「妳焉爾講，是想欲分家呢？」土水顧不得進丁在場，瞪著阿彩質問。

「早慢總是要分家的，若欲分嘛無要緊。」阿彩毫無顧忌的回視土水說。

土水拿阿彩沒辦法，轉而罵有義：「你是死人呢？一個某放佮目無尊長，是在做啥洨查埔人？」

有義只好軟弱的對阿彩說：「妳減講兩句會使得否？」

阿彩挺著大肚子站起來，冷冷的說了一句：「我只是實話實說耳耳，敢有毋對？」說完就走了出去。

土水氣得胸膛直起伏，進丁見狀安慰說：「無要緊啦！我這擺來，嘛是想欲佮恁參詳這件代誌，我的地雖然無予政府徵收，毋閣猶是會當以政府耕者有其田的條件，佮土地以公告地價賣予恁。」

「焉爾毋是親像勉強你賣地，硬欲佔你的便宜？」土水慚愧的說。

「其實，我是扑算欲搬去高雄，所以才會想欲佮土地賣予恁。」進丁坦白說。

「你是焉怎欲搬去高雄？」土水關心問，眼睛望向正陪著孩子在牛椆邊看牛的阿春，心裡開始替她發愁。

「因為阮媳婦佪後頭徙去住佇高雄，伊講佇大城市欲栽培囝仔較便利，做事業嘛較有發展。」進丁帶著一絲無奈的說。

「我手頭猶無夠錢佮你買地。」土水有些為難。

有義趕緊接口：「阿彩講伊遐有一寡錢，無夠再貸款。」

「恁早就扑算好矣？」土水看著有義，臉有慍色的質問。

有義不語，進丁委婉勸說：「少年人有扑算總比無扑算好。」

進丁沒有留下來吃午飯，只交代孩子不可以去玩水。因為想看牛欸生小牛，孩子們都待在牛欄邊那間臥鋪玩遊戲，世傳帶象棋來跟永隆玩，玉蘭教招弟玩沙包，金環和玉環待在旁邊湊熱鬧，一直到下午牛欸才出現坐立不安的模樣，不時在牛欄裡走動、打轉，土水從田裡回來，看著牛欸的動作，對他們說：

「就欲生矣。」

四個孩子圍在牛欄外面看著牛欸時而坐下，時而站起來走動，尾巴下方的生門逐漸擴張，一個牛鼻子慢慢冒出來，牛欸臉頰血管因為用力而暴露，發出痛苦的低鳴，他們緊張的看著被一層胎衣包覆的小牛從生門擠出來，降生到這個世界，全拍手歡呼起來。

「興旺仔，這是佮舊年死去彼隻牛仔囝號的，就予這隻用。」世傳對永隆說。

永隆用力點頭：「好，就叫興旺仔。」

牛欸舔著小牛的身體，讓小牛奮力站起來，小牛因為力氣還不夠而跌倒，牛欸繼續用鼻子觝牠，讓牠再站起來，又跌倒又再站起來，直到能站在乳房下方吸奶。

「原來牛仔囝也要食奶喔？」世傳驚奇的問。

阿春過來叫他們吃飯，隨口回答：「牛仔囝佮囝仔相同，細漢攏要食奶，到較大隻才漸漸會食草。」

當晚由招弟陪玉蘭睡土水和圓仔的房間，兩人從圓仔的過世談到玉蘭阿公阿嬤的過世，加上招弟感嘆自己的身世，兩個女孩早熟的內心都一片哀慼。

隔天早上，阿春給他們準備一些新鮮番薯，和幾顆土雞蛋裝在竹籃裡，讓他們去溪埔焢土窯，永隆找阿貴和祥仔一起出來玩，他們也各自從家裡帶玉米和番薯，大家共同分工挖土塊，起了一個很大的土窯，招弟帶著兩個妹妹和玉蘭一起在溪床邊撿拾漂流木，招弟笑著對玉蘭說：

「會當焉爾做夥蹉跎，我感覺足歡喜的。」

「我嘛是足歡喜，招弟姊，咱嘛來結拜敢好，像阮阿嬤和世傳個阿嬤焉爾，做一世人的好姊妹。」

招弟一口答應，兩人拔了三根土香敬拜天地，讓失去阿公阿嬤疼惜的玉蘭，心頭感覺不再那麼孤單。

窯土燒紅埋好番薯、玉米、和雞蛋，男生們又玩起騎馬打仗的遊戲，玉蘭和招弟坐在一棵勉強能遮蔭的黃槿樹下，一起唱童謠給金環和玉環聽：

火金姑，來食茶，
茶燒燒，配芎蕉，
茶冷冷，配龍眼，
龍眼會開花，瓠仔換冬瓜，
冬瓜好煮湯，瓠仔換粗糠，
粗糠欲起火，九嬸婆仔敖炊粿，
炊佮臭火凋兼著火。

唱完幾首童謠，玉蘭突然問招弟：「招弟姊，妳敢會怨嘆恁老母？我是講親生妳的老母？」

「我知也是因為阮兜足散赤，伊是不得已才佮我賣掉，所以我袂怨嘆伊。」招弟懂事的說。

玉蘭深思著告訴招弟：「我本來是會怨嘆阮老母，聽講我才出世無偌久，伊就佮我放咧綴人走，毋閣昨看著牛欸生牛仔囝赫爾艱苦，我就決定原諒伊矣，我想伊一定是有啥物苦衷。」

「是啊！咱以後嘛是會嫁翁生囝，我有看過阮養母生金環和玉環，哀佮偌刣豬咧，一定比牛生囝閣較疼，若是我，才毋甘佮囝賣人，莫講放咧做伊去。」招弟附和著說。

玉蘭突然開起玩笑說：「永隆兄講伊以後欲做醫生，會當予妳過好日子，妳就毋免佮妳囝賣人做養女矣。」

「連妳也在胡白講，我是伊的小妹，毋是伊的新婦仔。」招弟害羞的推了玉蘭一把。

「恁是同一家人，真有可能會當送做堆啊！」玉蘭笑著說。

招弟故意回嘴說：「妳以後才真正要佮世傳送做堆啦！」

玉蘭急著解釋：「阮是指腹為婚，佮送做堆哪有同款？」

招弟笑說：「橫直恁攏註定是翁某，早慢要拜堂成親，世傳竟然也會歹勢，叫伊扮新郎伊故意毋肯。」

玉蘭想到那次扮家家酒玩新郎娶新娘的遊戲，世傳怎麼也不肯扮新郎的鬧彆扭，最後是由她和永隆來扮演，想起來也覺得好笑。

「伊毋要耍扮公家伙，講遐足假仙。」玉蘭哂笑說。

招弟下了一句評論：「這叫枵鬼假細膩啦！」

起窯了，永隆拿著鋤頭小心翼翼的撥開還燙熱的土團，耙出番薯、玉米、和糊著泥巴的雞蛋，讓大家撿拾放進竹籃裡，拿到溪邊洗手享用。世傳開心的吃著香甜的番薯和玉米，天氣實在太熱，阿貴和祥仔跳入較淺的溪水裡浸泡著，並一再邀永隆和世傳也下去，招弟立刻提醒說：

「阿姆講袂使得去溪裡耍水。」

永隆猶豫不決，看著阿貴他們一副涼快的模樣令他很心動。

「咱佮外衫褪落來，阿母就毋知也。」世傳也很想下去涼快一下。

自從他與永隆結拜後，也跟著永隆叫阿春為阿母。

「你是欲聽某嘴，大富貴喔？」阿貴故意拿話激他。

永隆立刻放棄堅持，和世傳一起脫掉上衣，下水和阿貴他們玩成一片。

玉蘭因為是女生，只能和招弟在溪邊羨慕的看著。

中午回到家，進灶間舀水要洗手臉，阿春看著兄弟倆頭臉都有泥沙，沉下臉來質問永隆：

「你撮世傳去溪裡耍水？」

「無。」永隆回答得有些心虛。

「真正無。」世傳跟著撒謊。

阿春拉起他的手臂，用指甲背刮了一下，世傳的手臂皮膚立刻出現一道白痕。

「閣講無，明明交代袂使撮小弟去耍溪水，你也敢騙我？」阿春生氣的罵永隆，抄起門後的藤條就要抽打他。

「阿母，我後擺毋敢矣。」永隆求饒說。

世傳立刻張開雙手擋在永隆前面，義正詞嚴的說：「阿母，阮兩個是有福同享，有難同當的兄弟，妳若欲扑要連我做夥扑。」

阿春高舉藤條的手，因為世傳而放下，好氣又好笑的問他：

「食這爾大漢，你應該猶毋捌予藤條籔過呴？你毋知也會偌疼呢？」

「是我講欲落去耍水的。」世傳承擔責任回答。

「以後若無聽話，就連你做夥損。」阿春佯怒說，然後催他們洗手吃飯。

阿春端菜去前面客廳，世傳小聲問永隆：「阿母哪會知咱落去耍水？招弟姊做抓耙仔喔？」

永隆小聲回答：「因為咱有去浸水，指甲劃手會有一逝白線，若無浸水就無，這就是證據充分。」

「原來是焉爾。」世傳吐了下舌頭笑說。

下午日頭偏斜後，和阿貴約好在廟口會合，比賽釘干樂，世傳平常在家有勤練過，很想與阿貴他們一較高下。

除了阿貴和祥仔外，村裡也有其他孩子來一起玩，玉蘭和招弟同樣帶著金環與玉環在旁邊看熱鬧，也邊玩她們女生比較愛玩的丟沙包。

然後不知是誰發現榕樹枝的高處有一個蜜蜂窩，原本拿彈弓在射罐子玩的兩個男生，改向蜜蜂窩射擊，因為位置高又隱密很難射中，於是有人去拿來一根長竹竿，大家齊力將蜂巢打下來。

「趕緊閃，蜜蜂會出來叮人。」那些孩子說完一哄而散的四處奔逃。

招弟只好抱起玉環往遠處跑，金環則跟著玉蘭跑。

大家在遠處躲了一會兒，兩個比較大膽的男生又過去用竹桿撥動蜂窩，確定蜜蜂已經飛走，大家才過去分食蜂巢裡的蜂蜜和蜂蛹。

永隆分給他們一人一小塊蜂巢，讓他們舔食甜美的蜂蜜與抓蜂蛹出來吃，突然玉環發出淒厲的哭聲，招弟急著檢查她的身體，果然看見一隻蜜蜂正叮在她的腳盤上。

「慘矣！玉環去予蜜蜂叮著矣。」招弟慌亂想伸手去撥開那隻蜜蜂。

「慢且。」永隆阻止她，找了一片枯葉去撥，連那根蜂針一起除去。

玉環痛哭不已，腳盤迅速又紅又腫成麵龜樣，招弟害怕的說：

「我返去一定會予阮養母扑死。」

「焉爾欲焉怎？」

「咱做夥佮招弟姊求情啊！」世傳理所當然的說。

因為有中午的經驗，他以為求情就可以，但他沒想到阿彩跟阿春不一樣，一看見玉環的腳盤又紅又腫，在客廳裡拿出藤條不由分說就抽打起招弟，誰也阻攔不住。

她邊打邊生氣的罵著：「妳這個死查某鬼仔干單知也顧蹉跎，毋知欲顧囝仔，這兩日妳耍佮毋知人矣呢？閹雞亦想欲趁鳳飛？」

阿彩手上的藤條在招弟的手腳上，留下條條無情的血痕，把玉蘭和世傳都嚇傻了，直到永隆衝過去抓住阿彩手上的藤條，怒吼說：

「阿嬸！妳心肝毋倘這爾歹，別人囝揁袂疼呢？」

阿彩大著肚子，永隆已經長得快跟她一樣高，突然被他抓住藤條，一時竟然掙脫不開，只能大聲怒罵他：

「你翅股尾凋，敢對我無大無細矣呢？你是無老父倘教示毋才焉爾，等恁阿叔返來，我一定叫伊要好好佮你修理。」阿彩揚言說。

阿春從外面回來，聽見這些話，走進客廳看了一眼就知曉情況，她將永隆拉開，冷冷對阿彩說：

「伊是無老父無毋對，毋閣伊猶有老母咧，人講會做序大大富貴，袂做序大大漏嘪，妳會予序細焉爾無尊重妳，攏是妳家己做得來的。」

「恁母仔囝今仔日是存心欲欺負我就對矣，也無想看覓恁是佇茨內食閒飯的人，攏靠阮翁在飼恁，也敢焉爾對待我，等阮翁返來，我一定欲叫伊佮恁分家。」阿彩氣得一顆肚子像蟾蜍吐氣一樣。

有義騎腳踏車載父親從田裡回來，兩人同時聽見客廳裡的爭吵，土水對阿彩已經忍無可忍，踏入客廳就憤怒的質問她：

「妳講誰是食閒飯的？妳想欲使弄恁翁分家呢？我猶袂死咧，我佮妳講，妳免想欲分家伙，這個家的財產攏是阿春個母仔囝的，我一仙錢都袂分予妳。」

「阿爸，你做人哪會使得偏心到這種程度？平平攏是囝，大伯已經死矣，攏是阮翁在替這個家做牛做馬，你竟然講欲佮家伙攏予大嫂個母仔囝？焉爾敢有公平？」阿彩委屈得哭出聲來，眼睛看向丈夫，希望他能站出來說話。

「阿彩伊就欲生矣，阿爸你莫生氣啦！阿嫂妳莫和伊計較。」有義進來向父親及阿春道歉，半拖半推的將阿彩帶出客廳，回去他們的房間。

「阿爸，失禮啦！」阿春難過的說。

土水重重嘆了一口氣，無奈的說：「古早人講的半點都無差錯，惡妻孽子，無法可治，攏是恁小叔尚過無路用啦！」

＊

早在去年暑假世傳從榕樹王庄回來，興奮的告訴千佳他與永隆結拜做兄弟，並跟著他稱呼阿春為阿母時，千佳的心中就開始感覺不是滋味，今年暑假去玩回來，因為正好親眼見到母牛生小牛，所以世傳用充滿驚奇與歡喜的語氣，不斷問千佳一些關於他出生時的事：

「媽，妳生我的時陣，敢是和牛母生牛囝同款？」

「我佇妳的腹肚內住偌久？」

「我和牛仔囝同款，出世就會吸妳的奶呢？」

「生囝敢會足疼的？」

這些問題都讓千佳回答時，感到很難堪。

她越來越不希望讓世傳與阿春母子親近，但因為有地租給蔡家耕種，每年收租就不得不讓公公帶世傳前往，每去一次，她內心的不安就更增一分。

娘家母親生病的消息，促成她說服公公搬到高雄發展的契機，她與公公帶著世傳到高雄娘家探病，多年的心結一夕解除，看到承杰智力退化成十歲孩童的模樣，讓她非常痛心，一個才讀高中的青年，當時遭受何等折磨才會變成這副模樣？而她卻因為喪夫之痛，對迫於無奈嫁給外省人的妹妹怨恨不已。

千佳提起想帶世傳搬到高雄的事，伯元自然十分贊成，他認為高雄是一個發展很迅速的城市，不論是世傳要在這裡讀書，或是進丁要來做事業，前途發展都比北港優勢很多，他帶進丁去鹽埕埔的商街走一圈，進丁就決定要在高雄物色居住的房屋及做生意的店面，伯元答應替他尋找合適的地點。

到這一年的年底，進丁已經在高雄的鹽埕埔買妥房產，榕樹王庄的土地也過戶賣給土水的兒子有義，一切準備就序，就等世傳放寒假轉學到高雄就讀。德隆發商號在北港的事業交給春生負責，金火跟隨進丁到高雄打天下，在陳家工作的滿福嫂和阿菊、阿興等人，都願意跟著到大城市生活，認為這是一個開拓人生路途的好機會。

*

土地登記一辦妥，阿彩隨即得意洋洋的告訴阿春：「以後地主袂閣來收租矣，因為伊已經佮土地賣予阮矣。」

阿彩第三胎生的還是女兒，取名銀環，她的身形越發粗壯，細小的眼睛裡總是閃露勢利的光芒。

阿春臉色頓時一片黯然，她有些無法置信的跑去牛欄問正在照顧牛欸母子的土水：

「阿爸，敢真正頭家佮彼塊地賣予阿叔仔個矣。」

土水愧疚的看著阿春說：「是真的，自些個囝仔來蹉跎的時陣，頭家就有講起這件代誌，我驚妳煩惱，所以一直無佮妳講。」

「焉爾我就看世傳袂著矣。」阿春哀傷的說。

土水主動告訴她：「頭家個全家欲搬去高雄矣，妳要有心理準備，彼個囝仔佮妳本來就是無緣。」

聽到他們要搬去高雄，阿春心神俱亂，喃喃自語問：「是焉怎欲搬去赫爾遠的所在？」

土水同情的說：「少奶奶一定無願意予妳佮囝仔尚接近，所以才會決定搬去佮個後頭做夥。」

她的心中滿是委屈與辛酸，雖說這是事先約定好的事，但她真的別無所求，她絕對會遵守承諾終生不與孩子相認，只求偶而能見孩子一面，看看孩子成長的情況，如此就心滿意足，為何連這麼卑微的心願少奶奶也不肯成全呢？

滿腹的苦水無處傾訴，阿春抽空回娘家探望弟弟，忍不住將這些年的痛苦經歷全部向阿發哭訴。

阿發是父母生下她相隔六年後，才又出生的弟弟，因為從小被父母和姊姊呵護長大，明明年歲已超過二十五，神情總帶著幾分稚氣，聽完姊姊告訴他的傷心事，也陪著阿春難過流淚。

「阿姊，我竟然攏毋知妳發生這濟代誌，妳哪會攏無佮我講？」

「阿發，這些代誌攏是袂當佮任何人講的，你知响？」阿春特別叮囑。

阿發用力點頭保證：「我會保守祕密。」

「佃若搬去高雄，我就看袂著囝仔矣，我的心肝真正足艱苦的。」阿春語氣痛苦的說。

濃眉大眼的阿發單純的回答：「妳若想囝仔，會使得去高雄看伊啊！」

「高雄佇真遠的所在，毋是會當講去就去。」阿春為難的說。

「焉爾妳就做夥搬落去高雄啊！」阿發帶著幾分天真的給她建議。

阿春怔怔的看著阿發，除了小時候去有錢人家幫傭外，她一直都沒離開過榕樹王庄，一個女人家帶著孩子去他鄉外里，該如何謀生？

「我去高雄會當做啥？欲焉怎趁錢飼永隆？」

阿發肯定的拍胸脯保證：「阿姊，妳靠我就好，我佮妳來去高雄，一四界攏有水蛙鱔魚倘掠，咱袂枵死。」

阿春泫然欲泣的看著阿發，這個讓她一直放心不下的弟弟，原來已經成長為可以讓她依靠的後山。

*

農曆年前進丁舉家搬遷至鹽埕區的新宅，是一棟有庭院的寬敞洋樓，一樓的客廳擺放會客的沙發桌椅及供桌，供桌上安置從北港朝天宮分靈過來的媽祖金身及祖先牌位，世傳與玉蘭的房間都在二樓，進丁與媳婦的房間在一樓，其他員工住的宿舍在隔壁的舊式平房。

世傳對於搬到高雄這件事頗有怨言，千佳訓斥他：「囝仔人就是要聽大人的安排，若無你欲家己留佇北港呢？」

「焉爾我就無法度見著我學校的同學佮永隆兄矣。」他愁眉苦臉的說。

「佇高雄你會閣熟識真濟同學佮朋友。」千佳不容分說。

世傳嘟嘴不語。

搬入新宅第一件事就是祭拜神明與祖先，滿福嫂準備好牲禮、水果與紅圓發糕擺在供桌上，由進丁領著千佳、世傳和玉蘭舉香敬禱，祈求神靈與祖先保佑，陳家一脈能在此開枝散葉，香火綿延。

世傳迫不及待的在房間裡寫信給永隆，邀請他來高雄遊玩，他把信交給千佳，請她幫忙郵寄，千佳默默把信收在她房間的抽屜裡，她最不樂見的事，就是讓世傳與阿春母子再見面。

*

「阿爸，我決定欲撮永隆去高雄生活。」阿春在農曆年後向土水開口。

剛趕豬哥去配種回來的土水，默默喝完一碗茶水，才慎重的回問她：

「妳攏想清楚矣？一個查某人欲佇外口趁食，並毋是一件簡單的代誌。」

阿春語重心長的說：「為著永隆的將來扑算，阮母仔囝早慢要離開這個家，不如就趁這陣搬出去。」

土水問她：「妳想欲去高雄，是因為陳家搬去佇遐的緣故對否？」

阿春語氣堅定的回答：「我只想欲會當遠遠看囝仔大漢，而且永隆嘛需要較好的環境予伊讀冊。」

土水望著祖先牌位沉思，突然感嘆的說：「恁阿母到今年做忌，已經死兩年矣，時間在過足緊，伊若猶閣在生，恁母仔囝的日子也袂這爾歹過。」

阿春安慰他說：「樹大分椏，這是自然的代誌。」

「阿彩早就想欲分家，妳認為我要焉怎處理較公平？」土水詢問她的意見。

阿春淡然說：「阿爸你猶佇咧，我無想欲分走啥貨，只要題一寡香火予我會當早暗拜公嬤就好。」

「焉爾妳是欲焉怎佇高雄生活？」土水擔憂問。

阿春告訴公公：「我身軀邊猶有過去老頭家娘予我的金仔倘換做現金，阮小弟嘛答應欲佮我做夥去高雄，阮姊弟會互相照顧，你毋免煩惱。」

土水思索片刻，嘆氣的下了一個決定：「我佮恁做夥來去高雄。」

「阿爸！你毋免焉爾綴阮出去奔波，等永隆大漢若有成就，我會叫伊來接你去享受。」

阿春紅著眼眶說。

土水搖搖頭：「就算要離鄉背井，我嘛欲佮我的孫做夥住，妳想欲看妳的囝大漢，我嘛想欲陪我的孫大漢。」

「可是……。」阿春猶豫著。

土水毅然打算：「我來聯絡牛販仔宋佮咱介紹，咱撮牛欵來去倚牛車會社運貨趁錢，我幫忙妳栽培永隆讀冊。」

聽說土水將帶阿春和永隆搬去高雄，招弟連續哭了許多天，哭到阿彩拿藤條出來抽打她，忿忿的罵說：

「妳是在哭父哭母喔？逐日哭是在哭啥洨？若閣予我看著妳在哭，我就佮妳賣去戲班唱哭調仔哭一個較有咧。」

永隆在整理衣物時，從床底下拿出他裝陀螺和彈弓的鐵盒，打開來取出裡面的那顆銅牛鈴，從被偷宰的小牛牛頭上取下來後，他就一直放在鐵盒裡。

他把這顆銅牛鈴送給招弟，對她說：「這粒牛鈴瓏仔送妳，予妳做紀念，若想阮的時陣妳就提出來看看咧。」

「永隆兄，恁無佇咧，我是欲焉怎？」

永隆交代她：「妳較聽話咧，莫惹恁養母生氣。」

「我敢會使綴恁去高雄？」招弟哭著問。

永隆為難的說：「恁阿母無可能會答應，等妳大漢了後，會當來高雄揣阮。」

「我也毋知恁住佇佗位啊！」

「這是阮的故鄉，阿母講至少清明掃墓的時陣，阮猶是會返來的。」

招弟聽永隆這樣說，情緒才平靜一些。

就這樣在永隆小學畢業後，土水駕馭牛車，載著阿春姊弟與永隆，選在一個清晨出發，踏上一段全新的人生旅程。

他們一路走走停停，像出門旅遊一樣，有草地水源就停下來讓牛欸休息吃草，天暗了就找庄頭的廟宇寄宿，走了很多天才到高雄，到牛車會社的時候已經黃昏，一部一部牛車踩著夕陽餘輝回來，牛鈴聲不絕於耳。

「哇！足濟牛車的。」永隆站在牛車上興奮的嚷著。

「你去揣一個叫做牛頭欸。」土水交代阿發。

「我佮阿舅做夥去。」永隆跳下牛車緊跟著阿發走向牛車陣內。

一會兒，他們帶著一個三十多歲的壯碩男子回來，被陽光曬得黝黑的臉上滿是笑容。

「是蔡先生呴？你拜託我揣的住所我已經安排好矣，恁綴我來。」

土水催促牛欸邁開腳步，跟著牛頭走入牛車會社的社區內。

牛車會社位於鄰近港口的沙仔地，是由許多在高雄港運貨的養牛戶集聚成的社區，大部分為木造違章建築，家家戶戶屋邊皆附設牛欄及停放一部牛車，周邊有高雄川的河岸可放牧。

「住佇這間茨的人拄好欲搬去台北發展，所以請我幫忙處理茨的代誌，恁若看會佮意，欲租欲買攏會使得。」牛頭帶他們來到一戶有三個房間的空房，裡面也有灶間、浴室和飯廳。

「這間茨真舒適，感謝你的幫忙。」土水滿意的說。

「焉爾恁先住落來，賭的沓沓仔再來處理，我就住佇彼邊間，有啥物需要的會行的來揣我。」牛頭指著不遠處的一間房子說。

他們開始將牛車上的家當搬下來，土水把祖先牌位與香爐暫時擺在飯桌上，等所有物品都安置妥當，阿春開始升火煮飯，阿發帶著永隆出去割牧草，天黑後還不見人影，阿春有些擔心的問：

「阿爸，囡兩個毋知會走無去袂？」

「應該袂啦！發仔是大人猶毋是囝仔，伊常常佇外頭在走，免煩惱啦！」土水忙著在飯廳木板隔間的牆上，釘一個放祖先牌位的神龕。

阿春端一鍋新鮮番薯煮的粥放在飯桌上，打開裝醬瓜、豆腐乳的罐子，取了一些出來，就聽見阿發進來興奮的告訴她：

「阿姊，佇運河彼邊，有足濟浸杉仔的堀仔，以後欲掠四腳仔免驚無。」

「原來恁走赫爾遠去，害我煩惱一下。」阿春微笑說。

土水釘好神龕，將祖先牌位擺上去，點了一炷香交給永隆拿著祭拜祖先，他在旁邊禱念著：

「蔡家的祖公祖嬤、圓仔佮有忠，恁的囝孫永隆從今以後欲佇高雄生活，請恁要庇佑伊敖讀冊，以後替咱蔡家光宗耀祖。」

夜裡吃飽飯後，牛頭再度過來探視，對他們說：「我撮恁來佮大家熟識一下。」永隆感覺很興奮的跟在牛頭身後走，整個牛車會社雖然是木造違章建築，卻家家使用電燈泡，比在榕樹王庄還熱鬧。

牛頭帶他們去一處位於兩棵榕樹下的茶棚，旁邊還有一間供奉五府千歲的小廟，以及一個供大家取水洗滌衣物的水協仔。

「這是大家公用的所在，暗時大家攏會出來這開講。」

茶棚內已有幾個人坐在裡面泡老人茶，看到牛頭帶他們過來，紛紛招呼他們過去喝茶。

「我先自我介紹，我是蔡土水，這個我的媳婦阿春，伊的小弟阿發，我的孫永隆，以後欲來這佮大家湊陣生活，請多多照顧。」土水彎腰禮貌的向大家拱手。

換牛頭介紹在場的人給他們認識：「泡茶的這位是添叔仔，左邊兩位是福哥、福嫂仔，正手邊兩位是祥哥佮祥嫂仔。」

「閣有我，我是牛頭的後生，我叫阿志。」一位與永隆年紀差不多，身形與他父親一樣壯碩的青少年跑過來說。

他看見永隆明顯很歡喜，立刻問他說：「你讀幾年的？」

「我小學畢業矣，要參加這的初中考試。」永隆回答他。

「我嘛是，咱會使得做夥去考，毋閣我一定考袂著。」阿志與他父親一樣都有開朗的笑容與黝黑的皮膚。

牛頭接口說：「考無學校倘讀，你就去抾牛屎好矣。」

「咱會使得做夥讀冊，毋捌的我會當佮你教。」永隆對阿志說。

「阮孫足敖讀冊，以後講欲做醫生呢！」土水得意的炫耀。

「真的？焉爾阮囝順續予你教看會曉讀否，我付補習費予你。」祥嫂大方的說。

「閣有阮囝也予你補習好矣。」福嫂也跟著說。

阿春微笑開口：「囝仔若想欲做夥讀冊上介好，哪著要啥物補習費，大家攏是好厝邊，互相幫忙是應該的。」

「來食茶啦！坐落來開講再講。」添叔招呼他們圍坐在一起。

阿志說要帶永隆去他家玩，兩個孩子很快熟絡起來。

牛車會社的人情味，如同夏夜帶著鹹味的海風，暖暖的吹拂著來到異鄉的蔡土水一家人。

三

乞食寮是位於河北路與市中路之間，那一片雜亂無章的聚落，許多乞丐與流浪漢在此棲身，無片瓦遮天，僅以茅草覆頂，薄木板拼湊，用來遮風蔽雨的簡陋所在，但卻是許多社會最底層的人構築出來溫暖的家。

空卿和沙枯拉當初會選擇在這裡落腳，正是因為這裡住的都是一些不被社會關注的人，易於隱藏身分，他在二二八事件的清鄉屠殺腿部中彈，子彈依然留在大腿裡，無法去醫院治療造成跛腳殘廢，正是乞食寮內許多人的共同特點。

二二八事件引爆台灣人民對貪腐的國民政府官員，長久的積怨與不滿，各地方民眾群起反抗，空卿藉紙戲演出公開演說，讓民眾覺醒反抗壓榨，並聚眾包圍北港鎮長的官邸，不料鎮長早已聯絡附近的軍隊進行武力鎮壓，沙枯拉的丈夫林桑中彈逃回家中失血死亡，同窗好友博文命喪街頭，他腿部中彈逃至沙枯拉家躲藏，在父母出面協助下，林桑以空卿的身分下葬，空卿以林桑的身分存活，逃避隨之而來的白色恐怖迫害。

他們來到高雄先在旅舍住下，四處走走看看，來到河北路的運河邊，看見有許多小漁船從愛河轉進這條通向鳳山的支流，停泊在這裡賣漁貨，有開餐館專長的沙枯拉立刻決定在這裡落腳，於是在乞食寮近運河邊的地方，尋覓一個適當的地點，買來木板材料先搭起一個工寮，挖口井，設攤賣簡單飯菜，供前來批貨做生意的小販填飽肚子，也幫客人代煮海鮮，慢慢再擴充加蓋住家。

因為有水井可以提供乞食寮裡許多乞丐家庭用水，自然與乞丐們逐漸融合，空卿以他們為掩護，也對他們有所幫忙與照顧，慢慢就像統領這個地方的乞丐頭一樣，只要他發號施令，大家無不聽從。

德隆發商號在鹽埕埔開設一家南北貨行的消息，也是由那些乞丐的口中傳入他的耳裡：

「鹽埕街仔新開一間德隆發商號，做南北貨的生理，頭家做人介好，攏袂歹面色予阮看。」

「德隆發商號的頭家，若看著乞食上門，叫辛勞袂使佮阮趕，攏會分錢予阮。」

聽見「德隆發商號」這個名字，空卿的心臟像突然被揑住一般，感覺有些窒息。

「頭家大約是幾歲人？」空卿立刻追問。

在水協仔邊用水桶裝水的乞丐回答：「六十外歲。」

「德隆發商號」是他同窗好友博文的家傳商號名稱，他的父親應該也是這個歲數，空卿認為很有可能他們也搬來高雄了，因為博文妻子娘家的慈愛醫院，就開在建國路的三塊厝那邊。

空卿等沙枯拉的飯攤生意較不忙的時間，騎著摩托車往鹽埕埔街上尋找，很快就看到「德隆發商號」的招牌，他停在遠處觀望，直到看見進丁熟悉的身影，才黯然離開。

他沒有臉去見博文的父親，如果不是他發起那個抗爭，博文也不會死，包括對沙枯拉也一樣，他的心裡總是充滿歉疚。

回來後他去找乞丐裡的兩個頭頭，一個是孩童時就受傷失去一顆眼球的獨目勇仔，一個是一隻手小兒麻痺的魁手坤仔，交代他們說：

「彼間德隆發商號的頭家是我的朋友，恁叫些個乞食公、乞食婆要較差不多咧，毋倘因為頭家做人好就大家相報一直去，會攪擾人做生理。」

「好啦！林桑交代的，阮一定會叫大家遵守，一工干單會當一個去分。」獨目勇仔爽快答應，魁手坤仔也點頭。

沙枯拉飯攤生意比較忙的時段是早上與傍晚，都是漁船來賣漁獲的時候，她在工寮裡做了一個大灶，一邊大鍋熬肉骨湯，一邊大鼎煮飯或炒菜，再加燒煤球的炭爐做其他料理，空卿就負責打雜、洗碗。

用大灶需要柴薪，附近有一家林商號開的合板工廠，她讓那些乞丐孩子去工廠撿拾廢棄的材料，來向她換取零用金，她常給孩子灌輸一個觀念：

「肯付出勞力就有飯吃。」

她自己的兩個孩子都在鄉下由公婆照顧，每個月她會匯錢回去養家，她與空卿兩人名義上是夫妻，情感上是姊弟，生活與事業上互相扶持。他們在工寮後方加蓋出做為住家的空間，兩人各自一間房，有簡單的客廳及浴廁，有時夜晚收攤後，兩人小酌談天，時而日語，時而國語加台語，沙枯拉會故意開玩笑說：

「林桑，你如果有喜歡的女人想結婚，要拿錢來贖身我才要放人喔。」

空卿本名林順卿，與沙枯拉的丈夫同姓，都稱做林桑。

「如果妳有喜歡的男人我比較倒楣，會被當成像烏龜一樣取笑，是沒有用的男人。」空卿唉聲嘆氣。

沙枯拉笑著說：「你都一直守在我身邊，我哪有機會交男人啊？」

空卿也委屈的說：「我也沒有機會交女朋友啊！我還沒娶老婆欸。」

喝到微醺時，有著細緻五官，充滿成熟女人風韻的沙枯拉，會用溫柔的日語，低聲吟唱起琉球的〈島唄〉：

刺桐花綻放，呼喚狂風，暴風雨欲來，
刺桐花亂舞，呼喚狂風，暴風雨欲來，
一再湧現的悲傷，就像越過海島的波浪，
在甘蔗林中與你相遇，在甘蔗樹下與你永別，
島歌啊！乘風而去，隨著飛鳥翱翔過海，
島歌啊！乘風而去，將我的淚傳達過去吧！

刺桐花凋零，隨波散去，
短暫微小的幸福，是浪花上的泡沫，
曾在蔗林中一起唱和的朋友啊！
就在甘蔗樹下與你永別，
島歌啊！乘風而去，隨著飛鳥翱翔過海，

島歌啊！乘風而去，將我的愛傳達過去吧！

大海喲！
宇宙喲！
神靈啊！
生命啊！
就這樣永遠的風平浪靜吧！
島歌啊！乘風而去，隨著飛鳥翱翔過海，
島歌啊！乘風而去，將我的淚傳達過去吧！

這首〈島唄〉是她沖繩島故鄉的民謠，原為在祭祀中獻唱給神明聽的歌曲，但琉球群島和台灣一樣，也因地理位置的緣故，人民常遭受外來者的迫害，所以〈島唄〉就逐漸形成人民抒發情感的歌謠。

沙枯拉唱著唱著就淚流滿面，她不只思念著遠方的親人，也思念孩子與過世的丈夫。

空卿聽著聽著也淚流滿面，戰爭為台灣帶來無盡的苦難，政權轉移並沒有為人民帶來希望，反而掉落更黑暗的深淵，政治迫害何時才能停止？台灣人民何時才能重見光明？

＊

沙仔地牛車會社的一天是從餵牛開始，天未亮時土水就起床餵牛，阿春升火煮飯，家家戶戶也都陸續起床忙碌。

永隆考上鹽埕初中，今天是第一天開學，穿上母親為他買的全套制服與皮鞋，感覺自己已經像一個大人一樣。

阿春為他裝滿一個便當盒的白飯，裡面再放一顆煎蛋與醬瓜，加一些豆干炒五花肉，用方布巾打包起來。

阿發在吃早飯前回來，他的工作都在每天傍晚出去附近的池塘放釣，凌晨三點鐘才出門去收釣，每天都有滿滿的收獲。

吃早飯時他興致勃勃的告訴大家：「我想欲買一台歐都拜，就會當走去較遠的所在討掠。」

「買歐都拜要開足濟錢呢！你敢有錢？」阿春煩惱著說。

阿發得意的回答：「當然嘛有，過去我趁的錢攏有儉起來，有夠倘買車啦！」

土水半開玩笑對他說：「你敢無欲考慮買腳踏車就好？留一寡錢以後倘娶某。」

阿發竟愣愣的反問：「娶某欲創啥？」

這句話讓阿春和土水都笑了出來。

「娶了你就知也欲創啥矣。」土水只好這樣告訴他。

「今嘛趕緊趁錢較重要，五塊厝市仔生理袂穤，我欲掠較濟咧來去賣，趁錢予永隆讀冊。」阿發對著永隆開心的說。

「多謝阿舅。」永隆也對舅舅露出歡喜的笑容。

土水看著他們甥舅倆形似的五官，感慨的說：「猶是母舅較疼外甥。」

永隆吃飽飯，將飯盒放入書包裡，步伐輕快的走過好幾條街去學校。新的階段，新的同學，他對未來充滿希望。朝會時，校長訓勉新生說：

「各位一年級的新同學，你們都是以優異的成績考進鹽埕初中，三年後，也希望你們能以更優秀的成績，考進高雄中學。」

他偷偷問同學：「高雄中學是很好的學校嗎？」

「是最好的學校。」

永隆暗自下決心，高中一定要讀高雄中學才行。

下午放學後，同學們都悠閒的邊走邊談笑，只有永隆匆匆趕著回家，脫下制服換上輕便的衣服後，他立刻拿起扁擔與麻繩、鐮刀，朝愛河的另一頭走，那邊還有許多農田與蔗田。

愛河古地名硫磺水、打狗川、高雄川、一號運河，是高雄境內一條運河與小型河川，一九四八年河畔有一家「愛河遊船所」招牌被颱風吹毀，只剩「愛河」兩個字，不久因有一對情侶在此跳河自殺殉情，採訪這個事件的記者，拍攝新聞照時將招牌上的愛河二字攝入，透過報紙的傳播，愛河之名便開始流傳。

他找到一處已經採收完的玉米田，農民正在砍除玉米莖，他先去和主人打招呼：

「阿伯，予我剉兩擔番麥藁返去飼牛好否？」

那位阿伯欣然應允，永隆便手腳俐落的動手從根部割下玉米莖，整齊擺放成一堆，最後綁成兩大綑挑回家去。到家後他先將玉米莖放入牛棡邊停牛車的後方，那是堆放草料的空間，還備有一包要給牛欵補充營養的豆料及一小袋粗鹽。

他進客廳喝了一大碗水，又去浴廁間擦拭掉滿身大汗，感覺涼快些才拿出書包，就著書桌寫功課。一會兒，牛鈴聲由遠而近，他跑出去站在門口觀望，一輛一輛牛車沐浴在金黃色的光芒中，緩步從他面前經過，他一一揮手打招呼。

土水駕駛牛車載著阿春返抵家門，永隆主動過去幫忙，將牛欸牽入牛欄，阿春和土水合力將牛車推入車棚內。

「阿公，我有去剉番麥稾返來欲予牛欸食。」永隆告訴土水。

阿志跑過來跟他說話：「去學校好耍否？」

永隆嚴肅的回答：「去學校是欲讀冊的，毋是欲耍的。」

阿志吐了下舌頭，笑說：「莫怪你的成績赫爾好，因為你干單想欲讀冊耳耳。」

「阮阿公阿母閣有阮阿舅，攏赫爾辛苦趁錢欲予我讀冊，我哪會使得無認真？」永隆神情認真的說。

阿志只好說：「下暗等你冊讀完，才出來廟裡的涼亭跮跎。」

晚飯後，土水帶著寫完功課的永隆和阿發一起去小廟的茶棚，阿春隨後也帶著一大桶衣服出來水井邊清洗，今晚的廟口特別熱鬧，因為是這間五府千歲廟辦事的日子，主委是由添叔擔任，還組織一個宋江陣定期團練，祥哥、福哥、牛頭及兒子阿志都是成員。

看見永隆來到廟口，正在練宋江陣招式的阿志跑向他，高興的介紹與他們年齡差不多的同伴給他認識：

「伊是新來的永隆，佪兩個是福叔仔的大漢後生阿昇，佮第二後生阿郎，另外這兩個是祥叔仔的大漢後生阿朋，細漢後生阿光。」

「恁在練宋江陣喔？」永隆看著他們手上拿的兵器問。

阿志點頭，問他：「你敢捌練過？」

「我干單捌看過耳耳，庄裡鬧熱拜拜攏有這個陣頭。」

阿發走過來，向阿志借手上那隻大刀：「足久無練矣，借我耍一下。」

「阿舅你會曉喔？」永隆驚奇的問。

「我有參加庄裡的團練。」阿發回答。

阿志將大刀借給阿發，阿發接過後叫他們都讓開一些，馬步一蹲，立刻揮舞起大刀來，頗有少年關公威風凜凜的架式，不論是劈、砍、撩、削、展、拍、割等刀法，練起來都有模有樣，贏得在場所有人的熱烈掌聲與叫好。

祥叔高興的說：「以後咱閣加一個腳數矣。」

土水也手癢，過來借福哥大兒子阿昇手上的雙刀表演起來，舞了一套令人眼花撩亂的刀法，廣場上叫好聲不絕於耳。阿春與福嫂、祥嫂都在水井邊洗衣服，偶而抬頭看一下廣場上的熱鬧，見弟弟和公公都下去練宋江，不禁失笑說：

「身軀罩洗清氣耳耳，等一下又閣舞一身軀矣。」

祥嫂笑著回說：「這是正常的代誌，個大家攏嘛焉爾。」

世傳寫好給永隆的第三封信交給千佳，心情有些鬱悶的說：

「媽媽，永隆兄是焉怎攏無回批予我？伊敢會是無收著？」

千佳掩飾住心虛的表情，假裝若無其事的說：「無定著伊無批紙佮你回批。」

世傳露出一個釋懷的表情說：「有可能喔！阿兄個兜啥物都無。」接著他又自語說：

「只要伊知也我搬來佇佗位就好，有機會伊一定會來揣我的。」

千佳再度背著兒子把信收起來，她真的不想讓世傳與阿春他們母子再見面，就像當初她對博文與阿春私下見面的事耿耿於懷一樣，她只想獨享丈夫的愛，如今她也想獨享兒子對她的愛。

阿發買機車後需要練習騎車的技術，所以騎著到處閒逛，平常他多在愛河的東邊釣青蛙，很少到西邊的鹽埕埔來，當他在鬧街上看見「德隆發商號」的招牌時，迫不及待的回去向正在煮午飯的阿春說：

「阿姊，我知也陳家個兒的商店搬來佇佗位矣。」

阿春驚喜的問：「佇佗位？」

「就佇鹽埕街仔頂，離咱這無遠，妳若想欲去我載妳來去。」

阿春趕緊交代他：「這件代誌袂使予永隆知，伊猶毋知這個祕密，你毋好佮伊講，知否？」

阿發聽話的點頭。

阿春心裡其實還有另外一層顧慮，她怕讓永隆知道世傳的下落後，會急著想去見他。她很清楚少奶奶是故意不讓他與他們母子多接觸，所以才故意搬離北港，她必須先私下去見她，取得她的同意再讓他們兄弟相見。

但事情的發生總出人意表，土水認為永隆正在成長，練宋江可以鍛鍊體魄，所以團練時永隆都會參加，宋江陣的操練分為單人操練、雙人兵器套招、全陣團體操練三個階段，永隆是初學，還在單人操練階段，但他看著祥叔的兒子阿朋與阿光，還有福叔的兒子阿昇與阿郎，都是兄弟當對手套招操練，心裡十分羨慕，更加想念世傳起來。

「阿母，妳敢有去揣看世傳𪜶是搬來佗位？」臨睡前他問母親。

阿春敷衍的回答：「猶袂，等我有閒咧。」

「妳毋是講𪜶搬來鹽埕埔？」

「鹽埕埔所在真大，嘛要有時間沓沓仔揣。」

永隆不語，在心裡思忖著，如果世傳搬到鹽埕埔來，一定會轉學到這裡的國小就讀，那就從最直接的鹽埕國小找起就是。他沒有向母親說明，決定自己先找找看，如果真找得到，也可以給母親一個驚喜。

永隆用一個最笨的方法，一早他就催促母親做好便當給他，又急呼呼吃完早飯趕著出門，阿春感覺奇怪的問他：

「你今仔日這爾早欲去學校創啥貨？」

永隆臨時編了一個謊：「今仔日老師欲考試，我冊猶袂讀完，要較早來去複習。」

他問了兩個路人才找到鹽埕國小，與他的學校相隔半個村莊遠，他站在校門口張望等待，越接近早自習的時間，走進校門的學生越多，他怕自己趕不回學校會被教官處罰，不禁有些心焦起來，正想放棄回頭時，世傳和玉蘭的身影出現在他眼前，他興奮的跑過去與他們相見。

「世傳！玉蘭！我總算揣著恁矣！」

兩人都同樣驚喜的看著他，世傳滿臉歡欣神情的問他：「阿兄，你哪會佇這？」

「講來話頭長，等下課我再閣來揣恁好否？若無我遲到會予教官處罰。」

「好，下課咱佇這相等，不見不散。」世傳肯定的說，最後一句用的是國語。

永隆開心的點頭，用跑的離開鹽埕國小，趕在鐘響校門關閉前踏入國中校門。

整天都期待著與永隆見面的世傳，好不容易才挨到下課，因為男女分班，玉蘭的教室與他們相隔兩班，在操場降旗排隊時，他頻頻留意她的蹤影，她是她們那班的班長，有時會被老師派任務，他怕耽擱到時間。

「呴～你在偷看女朋友喔！」有同學取笑他。

「你莫胡白講。」世傳有些生氣的斥責。

「看恁兩個攏做夥來上課，閣做夥下課，敢毋是男女朋友？」

世傳漲紅著臉低聲辯解：「阮只是自細漢做夥大漢的好朋友耳耳。」

下課的路隊依序走出校門，玉蘭和世傳站定在校門旁邊等待，不一會兒，就見到永隆快速奔跑過來，一見到他們兩人，笑開嘴說：

「佮恁閣見面矣。」

「阿兄，你是看著我的批才來揣我的呢？」世傳迫不及待的問。

永隆一臉困惑的反問：「啥物批？我無看著。」

「我一搬來到這，就隨時寫批佮你講地址，我攏總寫過三張批呢，你攏無佮我回批。」

世傳有些委屈的說。

「我無收著啊？」永隆一臉無辜的說。

「你人也已經來高雄矣，哪收會著？」玉蘭微笑接口。

「是呴？一定是批佮人相出路啦！」世傳跟著笑起來。

「我撮恁來阮遐耍好否？」永隆提議。

「恁兜今嘛住佇佗位？」

「佇沙仔地的牛車會社遐。」

「牛車會社？毋就有飼真濟牛？咱的牛欸敢有做夥來？」世傳興奮的問。

「當然嘛有，猶有阮阿公、阿舅。」

「好喔！咱來去。」世傳急著要走。

玉蘭立刻反對：「袂使得啦！咱無佮媽媽講，時間到等無咱的人，伊一定會生氣。」

她對千佳總是存著幾分畏懼，雖然在她祖父母雙亡後來到陳家寄養，表面上她是將她當成女兒，實際上玉蘭心裡很清楚，她在世傳母親的眼裡，就是未來的媳婦，所以會在很多方面嚴格要求她必須遵守，也因此玉蘭無法與她像他們母子般親近。

「焉爾欲焉怎？」世傳為難的看著永隆。

永隆告訴他：「當然袂使得予媽媽煩惱，恁先返去好矣，咱交換地址，等休睏才來相揣。」

兩人從書包裡拿出紙筆，互相寫下住址給對方，世傳還寫了家裡的電話。

「欲來你會使得敲電話予我。」世傳交代。

兩人回到家，千佳已經坐在客廳裡等他們，隨口問說：

「今仔日較慢放學？」

世傳坐到母親身邊，高興的對千佳說：「媽媽，予妳臆看覓，我今仔日拄著誰？」

「你以前的同學？」千佳猜測。

世傳搖頭：「毋是。」

「咱北港的茨邊？」

世傳忍著笑搖頭，見千佳一副猜不出來的模樣，他很開心的宣布：

「是永隆兄，個嘛是搬來高雄矣。」

千佳先是無法置信的一愣，然後臉色立刻難看起來，用尖銳的語氣質問：

「伊來學校揣你？」

世傳點頭：「是啊！因為伊無收著我的批，毋知也我住佇佗位。」

一直站在旁邊看著他們母子對話的玉蘭，明顯感受到千佳的不悅，所以噤聲不語。

「媽媽，我這禮拜休睏，想欲去揣阿兄佮耍，會使得否？」世傳要求說。

千佳沉著臉，語氣有些嚴厲的說：「以後再講，兩個攏去書房寫功課讀冊。」

世傳神情有些錯愕的看著母親，向玉蘭投遞一個求助的眼神，她卻緊張的示意他別再說下去，兩人揹著書包往樓上走。

千佳生著悶氣，在客廳坐著等進丁回來，一見到他進門，立刻氣憤的投訴：

「多桑！你敢知也阿春也搬來高雄矣？」

「真的？我無聽講這件代誌。」進丁深感意外。

「今仔日永隆去學校揣世傳，叫伊放假去揣佮蹉跎，阿春焉爾做，分明是故意的，你猶相信伊會遵守約定？」千佳越說越生氣，瘦弱的身體因情緒過度激動而發抖。

進丁語氣和緩的說：「阿春毋是這種人，袂刁故意焉爾做才對，應該是有啥代誌佮才會搬來高雄。」

「若毋是刁故意，是焉怎捌跡毋去搬，偏偏欲搬來高雄？」千佳語氣不饒人的質問。

進丁嘆了一口氣，平心而論：「這件代誌嘛袂使得攏怪伊，將心比心，若換做是妳，敢袂想欲搬來高雄？」

「條件是當初伊家已答應的，今嘛煞一直欲來相揣，伊到底是存啥物心？」千佳抱怨。

「伊只是想欲會當看著囝仔而已，妳敢袂當較有腹腸咧？」進丁努力勸說。

千佳像個使性子的小女孩般緊握拳頭也緊抿著嘴，進丁只能由著她去，到樓上的書房巡視世傳和玉蘭兩人一起寫功課。

「阿公，永隆兄佪搬來沙仔地的牛車會社，你撮阮來去揣佪好否？」世傳看見阿公進來，趕緊向他開口。

「你這爾佮意佮永隆做夥喔？」進丁疼愛的看著這個陳家唯一的根苗。

「當然啊！阮兩個是結拜兄弟呢！」世傳用天真的語氣回答。

「憨囝仔，恁兩個本來就是兄弟啊！」進丁摸摸他的頭在心裡想著，嘴上回答說：「過幾日仔再講。」

「阿母！我揣著世傳矣。」

當永隆興高采烈對著才跳下牛車的阿春說出這個喜訊，她當下不但沒有感到歡喜，反而多了一分擔憂。

「你佇佗位揣著伊的？」她知道少奶奶一定不會高興見到永隆。

「我去國校門口等伊，玉蘭佮伊讀同間學校，阮已經互相留地址，等休睏日再來相揣。」永隆把世傳的地址拿給阿春看。

阿春接過紙條看了一眼，慎重的交代永隆：「你毋好主動去揣伊。」

「是焉怎袂當？」永隆不解。

阿春不知該如何向他解釋，只好推說：「世傳個兜是好額人，咱要認份。」

「我毋知阿母妳講的意思是啥物，但是我會聽妳的話，袂主動去揣伊。」永隆神情有些落寞的轉身走入屋內。

「囝仔的世界無大人赫爾複雜，伊當然袂當瞭解妳的意思，毋閣妳嘛無需要這爾委屈家己，一個老母會想欲看囝仔是介正常的代誌，只要妳遵守約定莫佮伊相認，無人會講妳無守信用。」土水安慰她。

阿春無奈苦笑，把寫著地址的紙條摺好收藏起來。

世傳在星期六中午放學回來，吃飽午飯就緊跟著進丁走入房間，進丁問他：

「你欲來佮阿公做夥睏晝喔？」

世傳小聲哀求他：「阿公，今仔日才讀半工耳耳，你撮我佮玉蘭來去揣永隆兄蹉跎好否？」

「原來是為著這件代誌喔，好啦！等阿公休晝起來再講。」進丁答應。

世傳高興的跑上樓去跟玉蘭說這個好消息，兩人怕被千佳刁難，趕緊將作業拿出來寫。

進丁自從知道阿春他們搬來高雄，也很想去看看他們，幸好千佳發過脾氣後，表面看來已平靜許多，在他的心中是樂見他們兄弟多相處的，人生路途能多一個人相互扶持有何不可？

他睡了一個午覺醒來，在樓下書房找到正在看書的千佳，開口問她說：

「我欲撮兩個囝仔去沙仔地揣土水仔個蹉跎，妳敢欲做夥出去行行咧？」

千佳面無表情的看著公公，欲言又止，最後只回了一句：

「請你閣提醒伊一下，莫講話無信用。」

「好啦！我會佮伊講。」

他帶著玉蘭和世傳走路到商號，拿了一些糕餅和乾貨當伴手禮，叫阿興踩三輪車送他們去沙仔地。阿興來到高雄後，主要的工作是在店裡幫忙送貨，金火也已經聽進丁說過阿春他們搬到沙仔地的事，便問說：

「恁欲去揣阿春個呢？」

進丁點頭：「母囝天性，無法度擋個莫見面啊！」

他們循著地址來找永隆時，他正在屋子裡讀書，聽見世傳呼喚他的聲音，立刻興奮的跑出來，見到進丁隨即恭敬的問候：

「阿公，你也做夥來喔？」

「恁阿公佮阿母猶袂返來？」進丁跟著永隆走進他們狹小的客廳，阿興將伴手禮提進來放在桌上。

永隆趕緊將飯桌上的課本和作業簿收進書包，請他們坐下來。

「阮阿公𪜶要欲暗仔才會返來。」

他從玻璃瓶罐裡倒了一些母親炒的花生請他們吃，進丁問起他們為何搬來高雄的事，永隆說是因為嬸嬸心胸狹窄，母親不願意再忍受下去，世傳和玉蘭立刻說起招弟被毒打的事，三個孩子都同仇敵愾為招弟大感不平。

聽見牛鈴聲，永隆告訴他們：「阮阿公𪜶返來矣。」

孩子們全跑到門口迎接牛車隊回來，世傳看見土水的牛車與坐在車旁的阿春，興奮的直揮手：

「阿公！阿母！」

阿春聽見世傳叫她阿母，眼淚馬上奪眶而出。

「恁來蹉跎呢？」她用衣袖抹去眼淚，看著許久未見的世傳。

「阿母，妳的目睭閣暎著沙喔？」

阿春走過去微笑向進丁問候：「頭家，足久無看矣，感謝你撮伊來蹉跎。」

永隆過去接手照料牛欶，讓土水和進丁及母親去客廳說話，三個孩子圍著牛欶彷彿又回到榕樹王庄一樣。

阿春留他們一起吃晚飯，進丁就吩咐阿興回去跟千佳說，等晚飯後再來接他們。

永隆掀開一個小水缸的木蓋，裡面養著阿發撿的田螺，他對玉蘭和世傳說：

「這炒九層塔足好食喔！」

阿春便叫他去涼亭旁邊的小菜園採些九層塔回來，他像個孩子頭般領著世傳和玉蘭出去，在涼亭那邊遇到阿志。

「個是誰人？」阿志好奇的問。

「我的結拜小弟，伊是玉蘭。」

「下暗有團練，個敢欲做夥來耍？」阿志問說。

「啥物是團練？像阮在練合唱團焉爾喔？」世傳反問。

「阮毋是在練合唱團，是在練宋江陣。」

「阿兄，我欲來看，我嘛欲練。」世傳很感興趣的說。

永隆採了一大把九層塔回去交給母親，阿發也騎摩托車回來，永隆帶世傳去介紹給他認識：

「阿舅，這個就是世傳，我的結拜兄弟。」

「阿舅好！」世傳向阿發鞠躬問候。

阿發用疼惜的眼光深深看他一眼，摸摸他的頭說：「好。」

夜裡的宋江陣團練熱鬧有趣，土水介紹進丁給添叔仔認識，阿發耐心指導世傳練雙刀，玉蘭和阿春在旁邊看他們練習，阿春趁機私下探問她：

「永隆去揣恁，恁媽媽敢有無歡喜？」

玉蘭照實回答：「干偌是有無歡喜的款。」

阿春無奈的嘆了一口氣，看著眼前兩個玩得很開心的孩子，心裡著實有幾分苦澀。

四

寶貴受夠了村子裡的閒言閒語，她憑媒妁之言嫁給繼承許多祖產的丈夫，誰知他好賭又酗酒，沒幾年就把田產與身體耗損殆盡，連唯一的兒子也因病夭折，像她這樣有幾分姿色的年輕寡婦，與妯娌同住在祖宅裡，一言一行隨時都像受到監視一樣，只要她多和某個男人說上幾句話，或多看誰一眼，很快就會有難聽話傳出來，例如說她「少年守寡無可能擋會牢啦！」、「用目尾在勾引查埔人」、「桃花目，無翁妝佮赫妖嬌就是想欲嬈」等會讓她氣得吐血的話，連她出去做工賺錢，那些已有老婆卻不安分的男人，也會想要挑逗她、沾惹她。

丈夫死亡，連個可依靠的兒子也沒有，她並非真的想守寡，只是也不想成為逆來順受的女人，她暗自思忖，留在鄉下她的命運只能成為別人的繼室或細姨，不如去大城市自立更生，開創新生活。於是她先來高雄探路，租好一間便宜的房子，雇車把所有家當搬來高雄，他的大伯在她要離開的時候還揚言：

「妳若按這搬出去，就莫想欲閣返來。」

她只淡淡回他一句：「死佇外面，總比佇這予人糟蹋較好。」

來到高雄這個城市，她對未來充滿希望，「甘願做牛毋驚無犁倘拖」這句話不時浮上心頭，鼓舞她認真努力的尋找賺錢的機會。她看高雄有很多勞工，於是買了一部載貨用的三輪車，請鐵工廠幫她加上一個遮陽棚架，騎著四處販賣自己熬煮的青草茶與冬瓜茶，鄉下長大的人誰不懂些草藥？她會利用外出做生意時，經過田野順便採集可用的青草，因為口味調配得不錯，又清涼退火，逐漸培養許多喜歡喝青草茶的客人。

她在愛河邊的堤岸尋找青草藥材時，巧遇也去割牧草的永隆，永隆認得她戴斗笠綁布巾的臉，兩人都有他鄉遇故知的驚喜。

「寶貴姨，妳哪會佇這？」

「你是來飼墓粿的放牛囝仔？」

「我叫永隆。」

「永隆，恁兜也搬來高雄？」

永隆點頭，笑著告訴她一件事：「妳敢知也，彼擺為著欲飼墓粿，害我一隻牛仔囝予人偷牽去刣。」

寶貴同情的問說：「你返去毋就予人修理佮金爍爍？」

永隆搖頭：「因為我去逐賊仔歪著跤，可能是焉爾阮阿母才無佮我摃。」他露齒一笑。

「天氣足熱，來，我請你啉青草茶。」寶貴指著停在不遠處的三輪車。

永隆綑好兩綑牧草擔著，與寶貴走向她的三輪車。

「寶貴姨，妳今嘛在賣這喔？」

「是啊！青草仔家己薅的，抾柴燃大灶焢茶，等於做無本的生理。」寶貴有些得意的說著，倒了一杯青草茶給他喝。

永隆喝了一大口，立刻稱讚說：「真正足好啉的，寶貴姨，我撮妳來去阮牛車會社，遐有真濟人會佮妳交關喔！」

「好啊！來去熟似一下嘛好。」寶貴爽朗的回答。

永隆挑著牧草帶寶貴姨往牛車會社走，今天是星期日，高雄港放假停工，他將牧草放在牛欄邊，領寶貴姨進屋裡和母親認識。

「阿母，我佇著一個住佇咱故鄉隔壁庄的人，伊叫寶貴姨仔。」永隆對正在灶間用炭火炒花生的阿春說。

「我叫寶貴。」寶貴摘下斗笠，露出白皙的臉龐。

「妳好，歹勢，我當咧炒土豆，袂當停手。」阿春露出歉然的笑容。

「妳這個囝足乖的，使人欣羨。」寶貴誇獎永隆。

兩個女人開始互相交談瞭解生活背景，因為同為年齡相仿的寡婦，情感立刻增進三分，阿春認同的說：

「妳勇敢行出來是對的，人生欲焉怎過由家己決定。」

她將炒好的花生倒在一個小竹簳裡攤開晾涼，對寶貴說：

「我撮妳來去涼亭仔，遐介鬧熱，妳去會使順續做生理。」

永隆早已跑去涼亭找同伴，阿春用碗公裝了一些炒花生，要帶去請在那裡喝茶的人吃，順便帶領寶貴過去和大家認識。假日涼亭這裡更多人聚集，寶貴的三輪車停在廟口邊倒像在擺攤一樣，很快有人來買青草茶喝，土水已經聽永隆說她也是故鄉來的人，也掏錢捧場買青草茶，寶貴不肯收錢，堅持要請他喝，推辭之間，牛頭抱著吉他，大聲向大家宣布：

「各位，我來佮大家唱一首老牛的歌，請恁大家欣賞看覓。」

「老牛也有歌喔？」正在喝青草茶的福哥笑問。

牛頭撥弄一下琴絃回答：「我專工替老牛作的。」

和添叔在泡老人茶的祥哥也說：「我知也你會彈琴唱歌，毋知也你也會作歌，這爾敫。」

牛頭逕自彈唱起來：

阮兜有一個老寶貝，
伊無怨無嗟，恬恬仔做，
湊飼這陣囝兒序細，有伊才算有完整的家，
千山萬水伊行這濟回，位少年做佮這濟歲，
有感情，怎倘拖去賣，伊是阮兜的至親寶貝，
憨牛啊！這隻老憨牛，
咱的年紀攏已經有，我閣會當照顧你偌久？
上好是予你舒適的新茨，
欲離開毋倘這爾魯，害我嚨喉目滇瞤攏起霧，
等來生你做人，我做牛，換我來為恁服務。[1]

[1] 註：此歌曲由詞曲作家陳金同先生創作。

阿春將炒花生擺放在茶桌上供大家食用，走到寶貴的三輪車邊欣賞牛頭的彈唱。

寶貴聽完後評論說：「歌詞寫佮閣真有意思喔！」

「住佇這的人攏是靠牛討趁，對牛的感情會較特別深厚。」阿春很有感觸的說。

添叔聽完讚許說：「歌詞真正感動人，毋閣你猶少年無老，是牛老耳耳。」

阿志替父親解釋說：「阮兜的牛老矣，無夠力拖重貨，阮阿爸佮伊賣掉足毋甘的，所以才寫這條歌做紀念。」

永隆好奇提問：「一隻牛會當活幾歲？」

添叔回答他：「好牛十八春，差不多是這個歲數。」

永隆趕緊問土水：「阿公，咱牛欸已經幾歲？」

土水想了想說：「差不多已經十二歲矣。」

「焉爾毋是欲老矣？就算伊老矣，咱嘛毋倘佮伊賣掉啦！」永隆不捨的說。

「毋賣掉欲飼咧蹉跎喔？」添叔問他。

「飼咧做紀念啦！」永隆急切的說。

「死了敢就要奉祀起來咧！」添叔對著土水大笑。

「奉祀是啥物意思？」永隆不解反問。

土水笑著解釋：「你這個憨孫，叔公是在笑你啦！牛欸若死，你敢欲佮伊像五府千歲的神尊同款，做一個神像奉祀。」

「敢袂使得？」永隆傻傻的問。

他的話讓在場的大人都笑了起來，添叔於是說起這間五府千歲廟的由來與神明典故：

位於牛車會社裡的這間五府千歲小廟，是最初在這裡結社的牛車戶集資興建，由南鯤鯓代天府分靈過來，共有李、池、吳、朱、范等五位王爺，他們在隋代末期是生死相許的異姓結拜兄弟，一起變賣家產賑濟百姓，相偕投靠唐高祖打敗隋煬帝，建立唐代。大王爺李府千歲誕辰在農曆四月二十六日，祂文武雙全，忠君愛國，唐高祖駕崩竟也追隨其後亡故，玉皇大帝因此敕封祂代天巡狩，擁坐王船巡狩四方驅疫除瘟。二王爺池府千歲誕辰在農曆六月十八日，祂因夢中吞下瘟神欲散播人間的瘟疫，滿臉變黑雙眼突出而亡，也因除瘟疫濟世救民的善心而得道成神。三王爺吳府千歲聖誕在農曆九月十五，祂嫉惡如仇，深諳地理風水，教導百姓開墾圳溝引水灌溉，受人景仰。四王爺朱府千歲誕辰在農曆八月十五日，祂公正無私，明辨是非，執法森嚴。五王爺范府千歲誕辰在農曆四月二十七日，祂智勇超群，精通醫術。

「五府千歲庇佑先民渡海來台，已有三百多年歷史，所以才有資格受人奉祀朝拜。」添叔說了一大篇關於五府千歲的來歷，讓永隆、阿志等人都聽得入神。

「八月十五朱府千歲的壽誕欲到矣，咱這又閣欲鬧熱矣。」阿志興奮的告訴永隆。

「敢會做戲？」永隆問。

「會喔！大家會抾錢倩布袋戲來演。」

永隆心裡想著要邀請世傳他們來玩。

*

千佳常在星期日帶世傳回娘家探視父母，有時進丁也會同行，老友相聚總是無限感慨。

慈愛醫院座落在三塊厝那帶的建國路上，是一棟三層樓的小型綜合醫院，除了院長林伯元外，還有兩位外科及內科醫師。林家住所在離醫院不遠的巷弄內，也是一棟走過戰爭的日式高級住宅，周圍有扶疏的花木，內部皆為檜木建築，從一位老者手中購得，他坦言是日本企業家朋友託付給他的產業。

伯元和進丁坐在可以欣賞後院花木的廊下喝茶，看著承杰和世傳兩人在玩踢罐子的遊戲，從日本戰敗到現在短短十年間，兩人都感覺自己蒼老許多，年近三十的承杰卻還是一個孩子的模樣。

「伊的病情猶是無進步？」進丁看著還像高中生的承杰問。

「若莫受著刺激發病，就算足好矣。」伯元語氣平靜的回答。

「一個有好前途的少年人，就焉爾毀掉去，有夠扑損。」進丁感嘆的說。

「這個時代，毀掉去的，何止是伊一個人的前途而已？」伯元沉痛的說。

「如果博文無過身，伊今嘛應該是你病院內面，上優秀的醫生。」進丁的眼神流露出一股哀傷。

伯元望著在院裡玩躲迷藏遊戲的甥舅兩人，沉吟著說：

「我常常在想一個問題，咱這代的人，若予咱有一個重新選擇的機會，咱會選擇做日本人猶是中國人？」

他沒有忘記聽見日本天皇玉音放送宣布投降那一刻，曾歡喜忘情的打電話給進丁，告訴他：

「咱贏矣！台灣人出頭天矣！」

從小讀漢學堂，對曾經是祖國的中國充滿憧憬，雖然受的是日本教育，對次等國民的身分有幾分不滿，對祖國的情感就增添幾分。

伯元的話讓進丁沉默回想著，剛光復的那段時間，他與添財兩人見面，都在興奮談論台灣終於回歸祖國的事，街道上掛著歡迎祖國同胞的鮮紅旗幟，他也和其他商家一樣，在所有店門口都插上國旗，當時怎麼也想不到來接收台灣的國民政府，給台灣人帶來的不是希望而是更多苦難，他失去唯一的兒子，添財更是家破人亡。

「敢會當干單做台灣人就好？」進丁發出一聲喟嘆。

伯元同樣也陷入回憶中，日本戰敗消息傳出後，知道再過不久所有日本人都要撤離，他私下與乃木醫師相聚時，雖然不捨朋友間多年的情誼，內心總有一股慶幸，日本戰敗了，就等於台灣贏了，現在他卻覺得茫然失落，像一個被遺棄的孩子。

「可惜咱無選擇的餘地。」伯元說完也發出一聲沉重的嘆惜。

承杰帶著世傳跑過來問：「多桑，我敢會使騎車仔載世傳出去蹉跎？」

他同樣理學生式的小平頭，略微發福的身形穿著整齊的西裝褲與襯衫，神情還像個小學生似天真。

伯元用慈愛的眼神看著他們，世傳站在他旁邊只及肩膀，眼神卻比他慧黠許多。

「恁要去問恁卡桑。」

兩人於是脫鞋走入屋內，千佳和美慈正在飯廳裡整理晚餐要煮的青菜，母女倆邊喝茶閒聊。美慈外表看來憔悴很多，原本苗條的身材如今更顯清瘦，眼神帶著一抹無法隱藏的憂鬱，眉頭緊鎖著。

「卡桑，我欲騎車仔載世傳出去蹉跎。」承杰走到母親身邊說。

美慈還沒開口，千佳立刻反對說：「袂使得，焉爾尚危險。」

「袂危險，我會細膩。」承杰堅持說，眼神有孩子要賴般的固執。

「好啦！要細膩，毋倘尚晏返來。」美慈應允。

甥舅倆高興的跑走開。

「卡桑，妳哪會使予伊隨便出去？」千佳抗議。

「敢會使攏佮關佇茨內？」美慈語氣充滿無奈，嘆了一口氣又繼續說：「而且嘛關伊袂牢，伊想欲出去就一定欲出去，干偌囝仔咧，講也袂聽。」

「伊是焉怎會變佮焉爾？」

「自從伊予人誣賴加入共產黨，掠入去警總刑求救出來，精神就開始無穩定，後來閣聽講伊的同學因為伊講出來的口供，幾個攏掠去槍殺，伊連學校嘛毋敢去，逐日關佇房間內，有一擺家己吊投差一點仔死去，好家在恁多桑發現急救會赴，若無已經無命矣。」美慈邊說邊流淚。

「是誰赫爾歹心，連一個高中生都欲陷害？」千佳心痛不解的問。

「誰知也？這個時代，只要清彩佮你安一個罪名，掠去硬扑硬刑，就算冤枉你偷夯古井你都要承認。」美慈咬牙切齒的說。

三塊厝距離牛車會社並不遠，世傳認得路，所以慫恿小舅舅騎腳踏車載他出來玩，然後指路騎到牛車會社永隆家門前。

「阿兄，我來揣你蹉跎矣！」他在門口叫喚。

永隆驚喜的跑出來：「你哪會當來？」

「我叫阮阿舅載我來的，這個是我的細漢阿舅。」世傳站在承杰身邊，得意的說。

永隆對著仍坐在腳踏車上，用單腳踩地支撐的承杰鞠躬問候：

「阿舅你好！」

承杰有些慌亂無措的撇開臉去，世傳趕緊解釋：「阮阿舅毋是毋睬你，是伊佮你無熟似會緊張才焉爾。」

「入來坐啦！」阿春招呼他們。

「阿舅，個攏是我的朋友，咱入去無要緊啦！」

世傳拉著承杰的手，他只好把腳踏車停起來，跟著他們走進屋內，卻被灶間裡青蛙的叫聲吸引住。

「兮內面有啥物？」他走過去蹲在一個小水缸邊看著。

「是阮阿舅掠的四腳仔。」永隆回答。

承杰立刻伸出手把木蓋打開，一隻又肥又大的青蛙從缸裡一躍而出，把他嚇得跌坐在地上，很快又有第二隻、第三隻跳出來，永隆趕緊接過木蓋把水缸口蓋起來，世傳手忙腳亂的捕捉逃走的青蛙，承杰覺得好玩，也撲向一隻躲在水缸邊的，並且捉著玩不肯放回缸中，永隆只好由著他玩。

阿春看出承杰和過去的反應不同，也不認得她，當初她生世傳時曾在他家住過的，如今怎麼會變成這種模樣？

世傳在飯桌的椅條坐下來，看著小舅舅在地上追青蛙玩，主動告訴他們：

「聽阮外公外嬤講，阿舅是去予人掠去警總問口供了後，才變焉爾的。」

「我拄好想欲佮你講一個消息，八月十五這的朱府千歲誕辰，聽講欲演布袋戲，你敢欲來蹉跎？」永隆開口邀請他。

「好啊！恁敢會表演宋江陣？」世傳興奮的問。

「應該會喔？」

「阿兄，咱來學騎腳踏車好否？以後欲相揣較方便。」世傳提議。

「我無腳踏車倘學。」

「先騎阮阿舅這架練習再講。」

土水睡午覺起來，聽見他們的話，接口說：「我來教恁，真緊就會矣。」

於是他們在廣場裡學騎承杰那台腳踏車，由土水在後面抓穩車身，跟在後方協助踩踏時的平衡感，兩人果然很快就能在廣場裡繞圈騎，連承杰都看得拍手叫好。

學會騎腳踏車後，世傳私下去找進丁商談：「阿公，我佮我儉的零用錢予你，你幫我買腳踏車好否？」

「你想欲騎腳踏車呢？」

「焉爾若欲去揣永隆兄蹉跎較方便啊！」

「你敢會曉騎？」

「我已經學會曉騎矣，永隆兄嘛會曉，你敢會使加買一台送伊？」世傳用哀求的語氣說。

「騎車仔要守規矩，袂使胡白騎，知否？」進丁交代。

世傳高興的點頭問：「阿公，你答應矣呴？」

「好啦！錢阿公出就好，你猶是要認真讀冊喔！若是愛蹉跎，成績退步，就毋准騎車仔出去。」進丁把話說在前頭。

「我知啦！」世傳笑得闔不攏嘴。

結果進丁幫永隆、世傳、玉蘭各買一台腳踏車，千佳看見車店的人送車過來，向公公抱怨：

「多桑，囝仔會予你倖歹去啦！心肝會愈來愈野，干單想欲騎車出去四界蹉跎。」

「媽媽，我袂啦！我同款會認真讀冊。」世傳保證說。

「你成績若退步咧？」千佳嚴厲的質問。

「阿公講會禁止我騎車。」

「焉爾處罰猶無夠。」

「啊無咧？」

「成績若減一分要損一下。」

「好。」

進丁看著母子倆談條件，勸說：「囝仔大漢矣，若鳥仔要予伊學飛，袂使攏搦佇手中心。」

星期六下午，世傳和玉蘭寫完功課，向千佳報備後，兩人各牽一輛腳踏車出門，玉蘭因為還不會騎，世傳只好陪她牽著車走。

永隆得知世傳阿公也買一部腳踏車送他，感動得不知該怎麼辦才好，問說：

「我敢會使得收這爾貴的物件？阿公哪會對我這爾好？」

世傳一副理所當然的口吻回說：「因為咱是兄弟啊！」

永隆照上次阿公教的方法，在廣場上教玉蘭學騎腳踏車，世傳也在旁邊練習，國中一年級已經長高不少的永隆，逐漸有大人的模樣，連說話的聲音都變得比較低沉，而國小四年級的玉蘭其實也悄悄在發育，少女的心情十分敏感，當她因為失去平衡人車差點跌倒，永隆總會及時扶住她，每一次的接觸都讓她不由自主的臉紅心跳不已。

玉蘭學會騎腳踏車後，由永隆載玉蘭，三人一起回陳家住宅牽回進丁買給他的那部。

進丁不在，只有千佳坐在客廳的木沙發椅看報紙。

「阿姨妳好。」永隆拘謹的問候。

「咱是結拜兄弟，我的媽媽就是你的媽媽，你焉爾叫毋對。」世傳糾正他。

永隆不好意思的搔搔頭，叫了千佳一聲：「媽媽妳好。」

永隆的一聲媽媽讓她想起許多往事，阿春懷世傳時，帶著永隆與她一起生活，那段時間，她一直是以做母親的心情在幫忙照顧永隆，藉機會學習如何當一個母親。這聲媽媽融化了她心中的敵意與不滿，她看著眼前這個已經長大不少的孩子，頓時找回那股身為母親的慈愛，站起來問他們：

「欲食涼否？我叫滿福嫂攢綠豆湯予恁食。」

世傳連聲說好，三個孩子跟千佳一起走向飯廳，滿福嫂看見永隆已經長這麼大，邊從冰櫥端出冰涼的綠豆湯，邊感嘆說：

「永隆這爾大漢矣。」

「阿姆妳捌我喔？」永隆問說，眼睛好奇的直看著那台長方型白色衣櫃模樣的冰櫥。

千佳與滿福嫂交換一個慎重的眼神，滿福嫂回答他說：

「恁老父破病的時陣，頭家有安排伊來北港世傳外公開的病院治療，彼當陣恁老母撮你做夥住佇頭家的茨裡，你才一歲耳耳。」

「這件代誌我有聽阮阿公講過，阮老父破病無錢倘醫，所以才會早死，我以後一定欲做一個會當幫助散赤人的醫生。」永隆神情堅定的說出心裡的志向。

世傳立刻附和他說：「我以後嘛欲做醫生，阮爸爸猶袂按醫學院畢業就死矣，我欲完成伊做醫生的心願。」

千佳看著他們兩兄弟，心裡突然有股暖流，便勉勵他們說：

「欲做醫生就要認真讀冊，若無哪考會著醫學院？」

世傳熱切的問千佳：「以後永隆兄敢會使得來咱兜佮阮做夥讀冊？」

千佳點頭應允，她只是不希望世傳太常去和阿春見面，倒不反對永隆過來找世傳。

玉蘭吃著綠豆湯，見千佳同意讓永隆過來找他們，心裡不知為何甜甜的。

「彼台是啥物？哪會當佮綠豆湯變予涼涼？」永隆吃著冰涼的綠豆湯，神情充滿驚奇的問世傳。

「兮是冰櫥，會當冰足濟物件。」世傳告訴他。

他帶永隆去打開冰櫥讓他參觀，兩個男生一起研究那個新奇的電器用品。

＊

農曆八月十五是中秋節，也是朱府千歲誕辰，牛車會社裡的人都盡心盡力參與活動，土水、阿發、永隆整天都在廟裡幫忙，除了祭祀外，也參與宋江陣隨神轎出巡，代天巡狩維護地方安寧。夜裡大家在廟前擺桌聚餐，除了將拜拜的供品煮成佳餚外，各家再出幾道菜豐富菜色。

寶貴也應邀來做客，她提供自製的青草茶與冬瓜茶給大家飲用消暑。

阿春利用阿發捉的野味，做了炒田螺、藥燉土虱、四腳仔羹等料理，和永隆、阿發各端一鍋往廟口集合。

添叔看各家料理陸續端出，獨不見牛頭，有些擔心的說：

「這個牛頭臭彈講欲煮五柳枝，到這個時陣猶袂捧出來，敢是要漏嘒矣。」

寶貴問說：「佃某敢袂湊腳手？」

添叔嘆氣說：「伊某前兩年破病死矣，哪有某？」

寶貴爽朗的問說：「佃兜是佇佗一間？我來去看覓。」

添叔為她指路，寶貴朝牛頭家走，她在門口探頭問：「牛頭兄，你有需要湊腳手無？」

屋內一片凌亂，看得出缺少女主人的父子倆生活過得有些辛苦。

阿志跑出來求救說：「寶貴姨仔，妳趕緊來湊參工啦！若無我今暗可能無好料的倘食。」

阿志領著寶貴走入灶間，所有材料一片凌亂的擺在飯桌上，牛頭還在滿身大汗的拿菜刀切紅蘿蔔絲。

寶貴看他只穿一條練功夫穿的闊褲，打著赤膊的上身因長期搬貨顯得精壯結實，麥色的肌膚上全佈滿汗珠，下午在宋江陣中大刀耍得威風凜凜，此刻拿菜刀卻是一副狼狽樣。

「予我來做敢好？」寶貴開口問。

「妳敢會曉做五柳枝？」牛頭顯得有些無助的問。

「無問題。」寶貴過去接過他手中的菜刀。

牛頭讓出位置給她，自己站在旁邊充當助手，看寶貴刀法俐落的切著紅蘿蔔絲、筍絲、木耳絲、辣椒絲、香菇絲，配料切好好後，把鍋子放在燃燒火紅的煤球爐上，牛頭已經將鱸魚炸好，寶貴舀油入鍋，炒香所有配料，以鹽、糖、烏醋調味勾芡，鋪在魚身上，一大盤五柳枝魚很快完成。

「以前阮某上敖做這項，我攏佇邊仔看伊煮五柳枝，無想到看起來簡單，家己干單會曉食袂曉做，也敢臭彈欲煮這項請大家食。」牛頭感慨的說。

「是阿爸家己想欲食這項啦！」阿志在旁邊消遣父親。

「你敢就無想欲食？」牛頭回嘴說。

「趕緊捧出去，大家在等矣。」寶貴微笑。

「我捧。」阿志立刻應聲。

「我閣有一鼎炒飯。」牛頭有些得意的從菜櫥裡端出來給寶貴看：「我上敖的手藝就是炒飯。」

寶貴看一眼那鍋炒飯，有肉絲、雞蛋、洋蔥、青豆仁，還真是色香味俱全，便誇獎一句：「真正無簡單。」

牛頭感嘆說：「一個查埔人家己撮一個囝生活，確實是無簡單的代誌。」

寶貴頗能理解的回說：「辛苦矣。」

「妳先幫我捧出去，我換一領衫就出去。」牛頭交代她。

寶貴捧著那鍋炒飯回到廟口，將炒飯和五柳枝魚擺放在一起，阿志已經跑去跟永隆玩。

進丁在這次廟會也捐了一筆錢，他帶著玉蘭和世傳來參加聚餐吃拜拜，布袋戲一開演，孩子們全聚到戲台前看戲，旁邊有賣烤魷魚、香腸、烏來仔糖等小販，不一會兒，世傳就跑回來向進丁要錢去買那些零食。

「這個囝仔毋捌焉爾耍過，一定足歡喜。」進丁疼愛的說著。

坐在他身邊的土水笑著回答：「看個兩個感情赫爾好，心肝內嘛會感慨，兩個攏無老父倘疼惜，會當互相照顧也好。」

阿春和會社裡的幾個婦人，在水井旁的空地忙著煮拜拜的食物給大家吃，進丁私下問土水：

「阿春敢攏無想欲閣嫁？」

「應該是無這個扑算，人的相處攏是有緣份的，伊講家己這世人有過兩個查埔人，已經有夠矣。」土水感慨的回答。

「伊有囝倘倚靠是毋免煩惱，永隆是一個好囝仔，以後一定會友孝伊的。」

阿春做的四腳仔羹受到大家的讚賞，祥哥給端菜上桌的阿春一個建議說：

「妳敢無考慮賣這項？擔頭就叫做水蛙發仔的四腳仔羹，偌有鄉土味咧。」

阿發高興得拍手叫好：「好喔！好喔！我會掠足濟水蛙予阮阿姊賣。」

同坐一桌的福哥關心他說：「莫干單想欲掠水蛙，你的歲頭也要娶某矣，我介紹一個姑娘仔予你好否？」

阿發害羞臉紅起來，直推辭說：「免，免啦！我猶無想欲娶。」

阿春馬上回福哥說：「若有適當的對象，介紹一個嘛好，阮發仔是應該要娶矣。」

她心裡暗自盤算著，確實是該替弟弟的未來鋪路，如果能做個生意，賺的錢會比只靠勞力多，或許可以試看看。

寶貴因為幫牛頭完成五柳枝的料理，很自然與他和添叔坐在另外一桌，添叔誇獎她的手藝：

「妳這項五柳枝真正無輸牛頭個某做的，自從伊過身了後，阮就無機會食著這項料理。」

「後擺若有機會，我再閣來煮。」寶貴笑容滿面的說。

牛頭默默吃著五柳枝，情緒似乎有些低落。

添叔看他一眼，有意無意的勸說：「人死不能復生，要想較開咧，重揣一個伴互相照顧較重要。」

「我驚後母毋疼前人囝，焉爾阿志會足可憐。」牛頭嘆氣說。

寶貴聽了很不服氣，反駁他：「你哪會使佮世間的查某人攏看佮赫爾惡毒？後母敢就一定會歹心？好後母猶是足濟。」

牛頭被寶貴這一番義正詞嚴的話說得無話可說，愣了一下才訕訕的回答：

「我毋知好後母欲去佗位揣。」

寶貴自己說完也有些不好意思，再聽牛頭這樣說又多了一分尷尬，便低頭默默吃著炒飯。

「你的目睭是囥佇褲袋仔底，邊仔就有一個無看著喔？」祥叔輕描淡寫的說。

八月十五中秋佳節，牛車會社的夜空繁星點點，一輪明月懸掛在天際，散發出溫柔的光芒。

五

堀江是一九三七年開幕的國際商場，日本時代稱為鹽埕町銀座通，是高雄發展最早最大的商圈，每逢假日便湧入大批人潮，逛百貨、買布料、訂製西裝、選購舶來品，宛如日本銀座之熱鬧繁華。

堀江商場臨近高雄港，涵蓋三號至十一號碼頭，戒嚴時期政府禁止人民出國觀光，並實施貿易管制，一般商行很難取得舶來品，全靠出入港區的船員挾帶，這些來自東南亞、日本、香港、泰國、及馬來西亞的船員，帶著各種貨品來堀江和商人交易，這些舶來品雖然價格昂貴，銷路卻很好。

千惠在二二八事件發生後不久，為了營救被關押在警總的弟弟而嫁給外省人王永剛，由其出面送錢疏通才保住弟弟的性命，丈夫所住的宿舍，即以前她暗戀的日本派出所所長石原的住所。

婚後丈夫王永剛深愛她，公公王仁義疼惜她，但她卻越來越憂鬱，每次出門她都得忍受北港鎮民的指指點點，她的姊夫陳博文死在二二八的清鄉屠殺，屍骨未寒她就嫁給一個台灣人憎恨的外省人，大家看她的眼光就像看一個叛徒一樣。

三個月後她因為懷孕嚴重害喜，心中沒有半點喜悅，每天躺在床上都想死，公公悉心照顧她，安慰她說：

「孩子，我知道妳心裡不快樂，但人生就是這樣無奈，有時候妳不得不接受許多事情，到後來妳會發現萬般皆是命，半點不由人啊！」

她吃不下任何食物，吐得彷彿連胃腸都要嘔出來，但身體的不適都不及心痛的萬分之一，母親得知消息來看她，母女相擁而泣，美慈勸她：

「妳要為孩子著想啊！孩子是無辜的。」

母親帶來的十三味安胎飲中藥方，公公細心熬煮給她飲用，總算慢慢能正常飲食，她不希望孩子在充滿仇視的目光中成長，於是要求丈夫說：

「我們搬去一個沒有人認識我們的地方過日子吧！」

王永剛確實很愛她，只要她開口沒有不順從的，所以他溫柔的告訴她：

「好，我會想辦法。」

沒多久他就獲得調職到高雄前金區的一個派出所，同樣分配到一間日式宿舍，與其他外省家庭住在一起，漸漸她也適應自己身為外省人妻的身分。

丈夫在結婚後把薪水所得交給她打理，當時她曾深惡痛絕的告訴他說：

「你不要與他人同流合污，不要做貪贓枉法之事，否則我不會原諒你。」

王永剛回答他：「我父親向來要求我做一個堂堂正正的人，妳可以放心。」

孩子出生後，憑著那一點薪水怎麼夠用？她請公公為她照顧孩子，自己應徵去一家百貨行當店員，三年後決定拿出父母給她當嫁妝的積蓄，在堀江商圈開店創業做生意，隨著社會狀況穩定，生意開始蒸蒸日上。

千惠的父母是在她離開北港後的第二年才搬到高雄，承杰的行為退化成小學生模樣令她痛心不已。他被抓去警總刑求逼供受盡折磨，又因他的供詞害幾位同學喪命，身心承受的痛苦超出一個高中青年所能負擔，行為退化成孩童或許是上吊自殺未遂造成的腦傷，或許是身心的解離，讓他寧願回到孩童的純真世界，不願面對現實的醜陋殘酷。

已經有一兒一女的千惠，因為做生意回來時間已晚，早上睡醒一個已去上幼稚園，一個上小學，都是公公負責照顧孩子的起居，公公王仁義待她就像女兒一樣，她內心十分感激。

丈夫昨夜值班在派出所待命，她起床刷牙洗臉，對鏡簡單化個妝，換好衣服後拿起包包準備出門，王仁義提著送孫子去學校後，順便買回來的菜進門，見她穿著打扮整齊，隨口問：

「妳今天這麼早就要去開店做生意？」

她回說：「我想先回娘家一趟。」

王仁義熱切的說：「剛領了美援的麵粉，我做了一些花捲饅頭，給妳帶回去讓親家、親家母嚐嚐。」說著急忙往廚房走。

千惠只好跟在他身後走入飯廳，順便從包包裡拿出一些錢給公公。

「爸，這些生活費您拿著，想吃什麼就買，不用太節省，錢不夠用隨時可以跟我說。」

「還用不著給我，上次給的還沒用完。」王仁義推辭。

千惠硬塞入他手中：「爸，您買些自己喜歡的東西吧！鞋子或衣服舊了就換。」

王仁義拿著錢，淡淡的笑說：「東西還能用就用，哪能那麼浪費？我們這些過慣苦日子的人，不習慣享福，心裡會過意不去。」

他用一張大的土黃色油紙，從飯桌上的蒸籠裡拿出好幾個花捲和饅頭打包起來，用細棉繩綑成四方形交給她提著，交代說：

「替我問候他們。」

千惠點頭，從庭院牽出二行程機車，騎往三塊厝娘家。

伯元已經去醫院看診，美慈和承杰一起在整理庭院花木，見到千惠承杰很高興的問候她：

「阿姊妳好！」

「有你愛食的物件。」千惠將紙包遞給他。

承杰開心嚷著：「饅頭。」

「要先去洗手才會使得食。」美慈交代。

承杰捧著紙包往屋裡走，美慈和千惠也進屋去喝茶。

美慈剛搬到高雄時，千惠頭一次回娘家，就被她憔悴的模樣嚇到，承杰變成一個心智只有十歲的孩子這件事，給她很大的打擊，想不開，睡不著，吃不下，每天以淚洗面，瘦得眼睛凹陷像沒有生機的骷髏一樣，千惠只好每天下班都來陪她。

王永剛聽說岳母的情況，買了一盒水果，下班後穿著制服直接從派出所過來，把承杰嚇得跪趴在地上，驚恐害怕直求饒：

「我後擺毋敢矣！你毋倘掠我，拜託咧！莫扑我，我後擺真正毋敢矣！」

王永剛尷尬的想扶他起來：「你不要怕，我不會抓你，你先起來。」

但是他的外省口音反而讓承杰受到更大的刺激，跪地用力磕頭哭求：

「拜託咧！你莫閣扑我矣，你問的代誌我攏照實講矣，拜託莫閣扑我矣，我足疼的，我足疼的啦！」

看見承杰跪地把頭磕得碰碰響，雖是檜木地板，額頭還是很快腫起一個大包，美慈情緒也失控，過去一把推開王永剛抱住兒子，對手足無措的他憤恨的尖聲吼叫：

「你走！你給我出去，莫閣來矣，你出去！」

「你走吧！」千惠流淚對他說。

王永剛一臉無辜的看著大家，神情落寞的轉身離去。

歷史的傷痕或許時間能抹平，心靈的創傷卻是生命難以承受的痛，每一次觸動傷疤，裡面的膿血就湧出，她不知道還要多久才能真正痊癒？還要多久才不會這麼心痛？

「恁大姊這禮拜有返來。」

美慈也進廚房洗手，順便燒開水準備泡茶，承杰已經坐在飯桌上吃起花捲。

「喔！」千惠平靜的應了一聲，問說：「伊最近好否？」

她一直在等待，就像等著傷痕結疤一樣，等姊姊願意放下心中的痛來和她見面，姊妹之間骨肉相連，她相信兩人終究會有和好的一天。

「無好無歹，會當平安過日，有時陣也是一種福氣。」美慈富含深意的說著，在承杰身邊坐下來，看他津津有味的吃著花捲。

「伊哪會這爾愛食阮大倌做的饅頭、花捲？」千惠也覺得奇怪的看著他。

「食物佮人的感情相同，慢慢會自然交流。」美慈緩緩的說。

千惠想著丈夫和娘家之間，總是有一層隔閡，自從那次他穿制服把承杰嚇得發病後，他也嚇得不敢再上門，每年大年初二按習俗陪她回娘家，他也是一副戰戰兢兢的模樣，盡量少開口，有時千惠也會覺得不忍心，他並沒有做錯什麼？只因他是外省人，又身為執法者，就得背負加害者的包袱，說來有些不公平。

她對丈夫的情感也有一股矛盾的情結，她相信他確實是真心愛她，而且愛得極深，所以才能忍受這一切不公平的對待，在她面前他總是小心翼翼的，深怕惹她不高興。他愛她愛得如此委屈反而讓她有些瞧不起，她想要的一直是那種熾熱的愛情，而非這種近乎乞討的，連床上的事也一樣，她因為做生意每天晚歸後已十分疲憊，當他有所求的時候，也要看她臉色。有時候她會在心裡嘆氣，他怎麼就不懂得製造一點氣氛呢？只會像隻小狗似挨著她討愛，常常只會惹她心煩，事後又讓她心生愧疚。

承杰吃完花捲，向美慈說：「卡桑，我騎車仔出去迺迺咧。」

「毋好騎尚遠。」美慈交代。

「我欲去市仔看阿舅賣水蛙。」承杰開心的說。

「誰是阿舅？」千惠不解的問。

「阿春妳會記得否？伊有一個小弟叫做水蛙發仔，常常來三塊厝市仔賣四腳仔，這件代誌我嘛是聽世傳講我才知，阿春佮母仔囝嘛搬來高雄矣。」美慈詳細說明，邊泡茶給女兒喝。

「阿姊一定會無歡喜。」千惠端起茶啜飲著說。

「伊的個性漸漸有在改矣，做人總是袂當尚自私。」

「加一個人疼惜世傳也毋是歹事，阿姊應該腹腸要放較闊咧。」千惠平心而論。

母女倆邊喝茶邊撕著饅頭吃。

「有時間較漸撮兩個囝仔返來蹉跎咧。」美慈開口提醒。

「囝仔要讀冊，我休睏日生理較無閒，時間袂拄好。」千惠解釋。

「無閒就加倩一個店員，較袂家己尚忝，趁錢有數，生命要顧。」美慈提醒著。

「已經有倩一個矣，生理猶無做佮需要倩兩個赫爾大。」千惠笑說。

承杰騎腳踏車去附近的三塊厝市場，阿發已經帶著兩簍青蛙和一水桶鱔魚、泥鰍，擺在市場口的路邊販售。

「阿舅。」他停好腳踏車蹲下來看那些野生動物。

論輩他其實和阿發同輩，論年齡比阿發小幾歲，那次世傳叫他騎腳踏車載他去牛車會社玩，直到他們快走了阿發才回來，知道青蛙就是他抓的，他就把阿發當成英雄般崇拜，也跟著孩子叫他阿舅。有一次他陪母親去市場，遇到也來賣青蛙的阿發，從此他就多了一個可以玩的地方，和一個可以找的朋友。

「你出來蹉跎？」阿發對他露出和善的笑容。

「我幫你做生理。」承杰回答。

「你敢會曉做生理？」阿發問他。

「你佮我教我就會曉。」

阿發開始吆喝起來：「來買四腳喔！燉蒜頭藁予囝仔食開脾。」

「來買四腳仔，來買四腳仔。」承杰只會重複這句。

兩人笑咪咪的對著往來的婆婆媽媽呼喊著，單純的世界有著單純的快樂。

也許是有人幫忙吆喝比較能吸引客人上門，阿發早早賣完所捕獲的野物，他隨口問承杰：

「敢欲佮我返去牛車會社蹉跎？」

承杰歡喜應允，完全沒考慮家人會擔心的問題，阿發也沒想那麼多，一個騎腳踏車，一個騎機車回牛車會社，兩人就著阿春早上煮的剩菜剩飯高興的吃著。

美慈久等不見承杰回家，趕去市場也遍尋不到他的人影，她發瘋一般衝到丈夫的醫院，驚慌失措的告訴丈夫：

「承杰失蹤矣。」

伯元將尚未看診完的患者交代給另一位醫生，問清楚承杰有可能去見的人是阿春的弟弟水蛙發仔，他開車載美慈去鹽埕街上的德隆發商號找進丁協助，由他帶領去牛車會社阿春住的地方尋找，見到兒子和阿發在那簡陋的住處，神情歡喜的吃著粗糙的飯菜，兩人對於幾個大人焦急的找尋他們，都感覺有些困惑。

星期日上午，永隆揹著裝課本的書包，和阿志一起牽牛去愛河邊的河岸草地放牧，雖然已經進入冬季，高雄白天的太陽還是很熱情，兩人選一棵有樹蔭的樹下坐著，阿志沒事發呆，永隆把握時間複習功課。

阿志留意到前方有人騎腳踏車摔倒，連滾帶爬的躲在另一棵樹下，身影有些熟悉，於是出聲問永隆：

「彼個敢是常常來揣恁阿舅做夥去掠水蛙，恁彼個結拜兄弟的阿舅？」

永隆放下書本定睛一看，訝異回說：「應該是的款，伊干偌有問題。」

永隆匆忙趕過去，迎上兩位巡視的衛兵也走過來，對著形跡可疑的承杰舉槍怒喝：

「你在幹什麼？出來！」

承杰把頭埋進草堆裡，全身恐懼顫抖的回答：「莫掠我！我毋是歹人啦！我毋是歹人啦！」

永隆向兩位憲兵伸手敬禮，用國語向他們解釋：「他是我的舅舅，腦筋有點不正常，我可以保證他不是壞人。」

兩位憲兵從頭到尾打量他一番，看他揹著鹽埕國中的書包，收起槍繼續往前巡邏。

永隆靠近察看承杰的狀況，只見他跪趴在雜草欉中尿濕褲子，全身瑟縮發抖，不斷惶恐低語著：

「我毋是共產黨！莫掠我！我毋是共產黨！」

永隆輕拍他，安撫著說：「阿舅！你免驚，我是世傳的大兄永隆啦！」

「永隆喔？」承杰幸好還認得他，畏縮的把頭抬起來看他。

「阿舅，你哪會佇這？」

「我來揣阿舅。」他語氣含糊的回答。

「我撮你返去好否？」

承杰搖頭，害怕的說：「有兵仔欲來掠我，我要覕起來，袂使予伊揣著。」

永隆解釋：「伊毋是欲掠你啦！伊只是在巡邏耳耳。」

「兵仔欲掠我啦！我一直行伊一直逐，我足驚的。」承杰的眼神充滿恐懼。

「我保護你返去，毋免驚。」

永隆請阿志幫他看顧牛欵，扶起承杰，他因為摔倒受傷，走路一跛一跛的，永隆牽起倒在路旁的腳踏車，請承杰指路，由他騎車載他回家。

林家的日式住宅雖是老建築，卻散發一股沉穩氣派，承杰從口袋拿出鑰匙開門，邀請他說：

「入內蹉跎。」

永隆幫他把腳踏車牽進庭院，放進旁邊的車棚下，跟著他走進玄關脫鞋進屋。

伯元放假在家，正在客廳看報紙，見到承杰帶永隆進來，訝異的看著他們。

永隆趕緊解釋：「我叫蔡永隆，是世傳的結拜兄哥，我佇愛河邊拄著阿舅，伊予兵仔驚著，騎車仔跋一倒，腳受傷，褲嘛閃尿湛去。」

美慈聽到聲音從臥室走出來，看見承杰全身被泥土弄髒，緊張的問說：

「人有焉怎無？你去愛河彼邊欲創啥？」

「我欲去揣阿舅。」

「佮伊撮入去換衫褲。」伯元催促。

承杰跟母親去浴間後，伯元請永隆過去坐，他的前方擺了一個茶盤，有已經泡好的茶水。

「敢欲啉一杯茶？」他問永隆。

「好，多謝。」永隆在伯元前面的位置坐下來。

伯元倒茶給他，看見他揹著書包，和靄的問：「今仔日無上課閣揹冊包？」

永隆恭謹回答：「出來放牛的時陣把握時間，背一寡英語單字。」

「這爾認真，你的成績一定足好。」伯元誇獎說。

「我以後想欲佮院長相同做醫生，所以絕對要認真讀冊才會行得。」永隆神情認真的回答。

「你哪會想欲做醫生？」伯元關心的問。

「因為阮老父破病無錢倘醫，所以才會早死，我想欲做一個會當幫忙散赤人的醫生。」

「會當焉爾想真好，以後若有啥物困難會當來揣我。」伯元告訴他說。

「聽講阮老父以前破病有佇北港予院長幫忙過，感謝你。」永隆老成的說。

「你以後若是真正會當做一個肯幫忙散赤人的好醫生，焉爾就是對我上好的報答。」伯元溫煦的對他說。

永隆端起茶來喝，他好奇詢問：「阿舅是焉怎哪會變焉爾？」

伯元於是詳細的向他述說過去那段歷史，語重心長的說：

「這是恁這代所毋知的一段過去，國民政府佮這段歷史掩崁起來，無欲予恁知，利用課本佮恁洗腦，所以我一定要佮事實講予恁聽，恁嘛要講予後代的囝孫聽，袂當佮這段歷史放袂記得。」

*

名為高雄川、一號運河的愛河原有頭前、後壁兩條河道，日本政府為通商建高雄港，沿後壁河道修築鐵路，後壁港因而消失，為疏通水量，於現今之七賢三路與瀨南中街附近挖掘水道，稱堀江町，堀江原本只是高雄港築港後另外興建的小運河，台灣光復後，國民政府在運河上方鋪設水溝蓋，堀江町改稱為大溝頂，逐漸匯集來自各方的外地人口在此營生。

高雄港的九號碼頭倉庫，阿春與公公土水搬完一車美援麵粉，帶著單據啟程準備送去前金區的教會，由土水駕駛牛車，阿春坐在另一側，翁媳倆悠閒的讓牛欸隨牠喜歡的步伐，緩緩走往大溝頂的路上。

「阿爸，你看我來大溝頂揣一個所在賣四腳仔羹好否？」阿春看著大溝頂的許多小吃攤，有些心動的問。

「妳若有想欲做，我當然嘛贊成，閣較焉怎講，做生理趁錢總是比咱在搬貨送貨較輕可。」土水平心而論。

「毋閣焉爾就無人佮你湊搬貨，你敢袂尚辛苦？」阿春顧慮著說。

「無要緊啦！減一個人湊搬，極加是減走一逝耳耳，妳的生理若是好，趁的錢會較濟，欲栽培永隆讀醫學院咱就毋免煩惱。」土水分析說。

「阿爸若是無反對，我就來試看覓。」阿春興致勃勃的說。

當天晚飯後，在茶棚與眾人喝茶時，阿春又提出來徵詢大家的意見。

「朱府千歲壽誕彼日，祥哥建議我去賣四腳仔羹，我有認真考慮過，這應該是一項會做得的生理，我看大溝頂遐的地點袂歹，毋知恁大家的看法焉怎？」阿春看著在座的大家問。

「遐的地點好喔！今嘛愈來愈鬧熱矣。」福哥第一個贊成。

「阿春煮彼項四腳仔羹的氣味真正讚，若開始賣我頭一個去捧場。」祥哥跟著誇獎。

牛頭思忖著說：「若是欲去大溝頂做生理，我佇遐拄好有熟似的朋友，會使請伊幫忙揣位，看欲順續問寶貴敢有欲做夥去否？佮擔位固定落來才毋免赫爾辛苦。」

添叔笑著接口：「有進步喔？會替寶貴設想。」

牛頭不好意思的說：「攏是朋友，互相照顧是應該的。」

「焉爾就麻煩牛頭兄安排矣。」阿春拜託他。

「欲做食的，妳嘛需要倩一個助手，頂擺講欲介紹予阿發的查某囝仔，是咱會社內面彼個阿海的小妹，伊本來攏住佇庄跤，最近才來高雄正欲揣頭路，會使來予妳倩。」福哥主動提起。

「妁囡仔若骨力，當然無問題。」阿春應允。

自從來和牛車會社的人熟識後，寶貴每天賣青草茶的路線，近午都會停在高雄港出入大門口的路邊，牛頭和她幾乎天天會見到面。他的牛車經過寶貴賣青草茶的三輪車前，停下來問她：

「阿春講想欲佇大溝頂賣四腳仔羹，妳敢有想欲佮伊做夥去遐做生理？」

「你看咧？我的青草茶去遐賣敢有適合？」她先倒了一杯青草茶給他喝，猶豫著反問他。

「我認為會使得，去遐賣青草茶兼賣剉冰應該袂歹。」牛頭肯定的回答。

寶貴立刻答應：「焉爾就聽你的，是講欲去遐做生理，敢有位倘擺？」

「我有朋友會當幫忙揣位，交予我處理就好。」牛頭豪邁的說。

寶貴斗笠下的雙眼流露出感動的神色：「多謝你的照顧。」

牛頭一口喝盡青草茶，回答說：「我真歡喜妳肯予我照顧。」說完立刻跳上牛車，逃走似驅趕黃牛匆忙離開。

寶貴望著他的背影，心頭泛起一股喜悅的漣漪，她知道這個憨厚的男人對她已有情意，而她也不想再孤單一個人獨守空房。

傍晚，寶貴來到牛車會社，家家戶戶已經炊煙四起，她買了幾樣菜來到牛頭家，見他正要洗米煮飯，開口說：

「我來煮啦！」

他的眼裡露出一股欣喜，默默把鍋子遞給她，見她還買菜來，不好意思的說：

「予妳開錢買菜，歹勢呢！」

「我家己嘛是要食飯，做夥食較有伴。」寶貴平淡回說，接著問：「阿志咧？」

「伊出去割草欲予牛食。」

「查埔囝仔若是毋讀冊，要予伊去學一項工夫，將來才有能力趁錢飼某飼囝。」寶貴建議說。

「我嘛有焉爾佮伊講，等伊家己決定想欲學佗一途再扑算。」牛頭告訴她。

「飯菜我煮就好，看你欲無閒啥做你去，等一下再返來食飯。」寶貴對他說。

因為牛頭壯碩的身材在窄小的廚房裡實在有些礙手礙腳。

「焉爾我來去洗衫好矣。」他搓著手說。

牛頭擠過她身邊，走進裡面那間浴室，提出一大桶髒衣服。

「你是幾工才洗一擺衫？」她感覺好笑的問他。

「三工。」

寶貴搖頭：「焉爾衫攏囥佮臭去矣。」

他自嘲的回答：「羅漢跤仔毋是攏焉爾？」

「攑一個囝的羅漢跤仔實在有夠可憐。」寶貴消遣他。

「佚望妳會當佮阮疼惜。」牛頭又丟下一句示愛的話後匆忙逃離現場。

寶貴臉上忍不住浮現一抹笑容。

阿志才進門，立刻嚷嚷說：「阿爸，你是煮啥哪會這爾芳？」

結果踏入廚房見到寶貴姨後愣了一下，有些驚訝的問說：

「寶貴姨仔，妳哪會來？」

「拄好有閒，來揣恁蹉跎。」寶貴用輕鬆的語氣回答。

阿志眼珠一轉，笑著說：「咰~我知也，妳佮阮阿爸已經互相有意愛啊，對否？」

寶貴吃驚的張著嘴說不出話來，停頓一下才尷尬的回說：「你哪會焉爾講？囝仔人你知啥？」

「我有聽添叔在講，伊講妳佮阮阿爸兩個有賜配，看妳做人嘛袂歹，毋免煩惱。」阿志學著添叔的話說給寶貴聽。

寶貴有些害羞，白皙的皮膚滿臉通紅，訥訥的問他：「我若來做你的後母，你感覺焉怎？」

「只要妳莫佮我苦毒，我就會佮妳當做老母同款看待。」阿志用早熟的言語回答。

寶貴摸摸他的頭，疼惜的說：「憨囝仔，人心是肉做的，人的感情是互相培養出來的，你若對人好，人嘛會對你好。」

牛頭洗完衣服回來，飯菜已經端上桌，寶貴做了一條紅燒南洋仔魚，煮白切三層肉，用肉湯煮魚丸湯，炒一盤絲瓜，看他們父子倆吃得狼吞虎嚥，彷彿餓很久的模樣，她忍不住笑說：

「恁父仔囝是偌久無食飯矣？」

「是足久無食著這爾好食的飯菜矣。」阿志一臉滿足的表情。

「若食會合，我再較漸來煮予恁食咧！」寶貴語氣溫柔的說。

牛頭埋頭吃飯不語，阿志瞄父親一眼，嘆了一口氣說：

「寶貴姨仔，妳歸氣住咧莫返去矣，我足無想欲閣食阮爸煮的臭火凋飯矣。」

牛頭咳了一下，伸手要去打兒子的頭，已經吃飽的阿志放下空碗，頑皮的笑著跑走。

六

一九五六年農曆年將近，阿春起床煮早飯，永隆已經放寒假，所以不需要為他準備便當，土水起床第一件事就是餵牛和清理牛梱，牛車會社裡面的每一戶人家作息都一樣，各種活動的聲音逐漸打破清晨的寂靜。

阿發已經出門去巡視昨天傍晚去放的青蛙釣和簺仔（捕魚籠），永隆也起床準備漱洗。

「無上課哪毋加睏一下仔？」阿春問他。

「我欲佮阿公去搬貨。」永隆回答，走進浴廁間。

土水忙完進來，見到永隆已經起床，也和阿春問同樣的問題。

「阿公，你家己一個人搬貨尚辛苦，學校今嘛休睏矣，我會使得去佮你湊搬。」

「毋免啦！你只要好好讀冊就好矣。」

「我冊讀完矣，休睏無代誌做，當然要佮阿公湊腳手啊！」

土水感動的看著永隆，點頭稱許說：「好，家己會曉想上好。」

土水去浴間漱洗後，就和永隆先坐下來吃早飯，阿春也坐下來詢問公公說：

「阿爸，過年欲到矣，你有啥物扑算否？」

「扑算啥物？」

「你敢有想欲返去庄跤過年？」

「攏已經分家矣，返去欲創啥？」土水蹙起眉頭說。

阿春語氣平靜的說：「總是一家人，你敢袂想欲返去看阿叔仔佮些個妁孫？」

「阿彩的個性妳也毋是毋知，咱過年過節返去，伊敢會好好款待咱？無定著敢驚咱會閣返去欲依賴𪜶咧。」土水忿忿的說。

「我是扑算等清明才返去佮阿母掃墓，過年聽講大溝頂生理會閣較好，我想欲照常做生理趁錢。」

「焉爾咱就清明再做夥返去就好，我無想欲返去看阿彩的面色。」土水決定說。

「招弟一定會足想咱的。」永隆想到招弟要在刻薄的嬸嬸眼皮下過日子，心裡就替她感到難過。

土水和永隆跟著其他牛車戶一起出門，黃牛們踩著輕快的步伐搖出一串叮叮噹噹的鈴聲。

阿春開始準備中午要做生意的材料，她在大溝頂擺攤賣四腳仔羹也賣炒田螺，她做的四腳仔羹料好味美，很快就受到食客肯定，寶貴的攤位和她相鄰，因為已經是冬天不適合賣涼水，先賣薑母茶和熱湯圓，等夏天再換青草茶和剉冰。牛車戶阿海的妹妹阿淑也在福哥介紹下，來替阿春工作做她的助手，負責招呼客人和收碗、洗碗，阿發買來更多青蛙釣，把放釣的範圍再拉大，就為了抓更多青蛙給姊姊煮羹湯賺錢。

阿淑比阿發小五歲，做事俐落勤快，因為一直住在屏東鄉下照顧年邁的父母耽誤婚期，身為長子的阿海很替這個么妹的終身大事擔憂，對於福哥要介紹阿淑跟阿發交往的事十分贊成，阿發的忠厚老實與勤奮努力是大家有目共睹的。

阿發總在清晨五點解除宵禁後出門，先收取一部分距離較近沙仔地的田野池塘所放的青蛙釣，在田溝巡視撿拾田螺，七點回家吃早飯，然後再去更遠的溪流放籗仔捕捉鱧魚土虱等淡水魚類，以及收回另一部分的青蛙釣，再挖取放釣用的蚯蚓。

被冬天的寒風凍得鼻子通紅的阿發回到牛車會社，將機車後架上的綑繩解開，把裝在竹簍裡的青蛙放進灶間，半桶田螺也倒入小水缸裡養著。

「阿姊，昨暗釣著袂少隻喔！」阿發高興的向姊姊稟告。

「緊來吃飯。」阿春招呼他，兩姊弟一起坐下來，她盛給他滿滿一碗白飯。

阿發就著炒鹹菜、炒豆干等配菜大口吃起來，兩人邊吃邊聊。

「我過年無欲休睏，欲繼續做生理，你要加掠寡四腳仔儲起來，聽講過年的生理會加足好喔！」阿春對弟弟說。

「好，我會認真放釣仔，認真去巡，咱趁較濟錢咧，以後永隆讀醫學院咱就毋免煩惱冊錢矣。」阿發一心一意只有栽培永隆讀醫學院這件事。

阿春用疼惜的眼光看著弟弟，告訴他：「我佮阮大倌趁的錢來栽培永隆就有夠矣，你要替家己扑算一下，歲頭欲三十矣，應該要娶某矣。」

阿發神情困窘的回答：「等我賰較濟錢咧再講啦！咱連一間茨倘住都無，佇這款做風颱就會掀茨頂的所在，我無想欲娶某。」

阿春想不到弟弟會有這樣的想法，勸說：「人講翁某同心，烏土嘛會變黃金，兩個人共同扑拼，想欲買茨就較容易。」

「阿姊，咱來到高雄了後，我才發現咱過去的生活有偌散赤，所以我決定欲佇這個城市扑拼趁錢，予某囝序細莫過赫爾艱苦的日子，佇我猶無能力買茨以前，我無想欲娶某。」阿發神情固執的說。

「你有長志是真好，毋閣人阿淑的青春有限，哪有可能等你偌久？你若是有佮意伊，猶是先佮親成定落來啦！好否？」阿春替弟弟打算說。

「伊若肯等我就等，毋肯就煞。」阿發帶著一些任性的回說。

阿春無奈，只好叮囑他：「禮拜日有阮阿爸佮永隆來湊跤手，予阿淑會當放假，你尚無嘛要約人出去看一下電影？」

「看電影要加開錢，電影票貴蔘蔘。」阿發一副不情願的模樣。

阿春好氣又好笑的數落他：「人講欲偷掠雞嘛要蝕把米，你連請人看一齣電影的錢都毋甘開，焉爾閣想欲要人等你？」

阿發語氣很跩的回說：「欲來毋汰，像我這爾緣投的人，敢驚會娶無某？」

阿春瞪了他一眼，卻又忍不住露出笑意說：「誰講你生做緣投？家己褒較袂臭腥。」

阿發得意的回說：「真濟人講我佮永隆生做足同面，阮兩個攏是緣投桑。」

阿發吃飽飯後，載著整綑青蛙釣與一只空竹簍，兩邊各掛一個竹製的籠仔，車後載吊個水桶，準備再出門去捕捉野物。

「發哥欲出門矣呢？」阿淑來到門口看見他，露出一絲歡喜的神情。

阿淑長相清秀，習慣紮著兩條烏黑的髮辮，穿著有些土氣的粗布衫褲，全然是一個未沾染城市氣息的純樸鄉下女孩。

「妳欲來上班矣？」他隨口問。

「嘿啊！你騎車較細膩咧。」她溫柔的說。

「我知。」他帥氣的跨上摩托車，揚塵而去。

阿淑進灶間看著竹簍裡的青蛙，問阿春說：「阿姊，這攏袂刣呢？」

「對，田螺嘛要提去洗清氣。」阿春交代。

「好。」阿淑依言去拿菜刀與砧板，準備去水井邊宰殺青蛙。

阿春叫住她，以自家人的親近態度對她說：「阿淑，妳若有佮意阮阿發，就較主動咧，伊的人較囝仔性，毋捌交過查某囡仔所以無經驗，妳要製造機會予伊。」

阿淑有些害羞的回說：「我嘛無經驗啊！」

阿春笑著教她：「查埔人神經攏較大條，咱查某人若看對方有佮意，猶是要放手巾仔予伊抾，焉爾才會有來有去。」

阿淑紅著臉，帶著竹簍與菜刀走出灶間。

冬至前一天傍晚，家家都在燉補品要補冬，也要搓湯圓準備明天早上拜祖先，寶貴冬天賣的是熱湯圓，正好應景生意特別忙，早和阿春商量兩個人一起賣粿粹，磨了幾袋米的米漿，所有牛車戶都向他們訂購，還不到中午就賣完收攤。

除了自留粿粹要搓湯圓外，阿春和寶貴各買一隻雞要燉藥帖進補。寶貴當然是和阿春一起回沙仔地的牛車會社，她要去牛頭家和他們父子一起過節，牛頭打了一把家門鑰匙給她，讓她可以自由來去，雖然她做生意很忙，偶而還是會抽空來幫他們打掃，或做頓飯給他們回家時可以吃。

利用燉雞的時間，她拿出一個竹篩開始搓湯圓，很快篩裡佈滿紅色白色相間的小湯圓，屋裡也飄散出一股濃濃的燉雞香味。

她聽見牛鈴聲停在屋旁，阿志發出歡呼聲說：「寶貴姨仔來矣。」興沖沖的跑進來問：「姨仔妳在煮啥？哪會這爾芳？」

她笑著回答：「明仔在是冬至，下暗要補冬食燉補的物件，閣要食圓仔。」

牛頭停妥牛車進來，接口說：「圓仔食了就加一歲矣，你到底想欲去學啥物工夫，到單想猶袂好勢？」

阿志孩子氣的說：「去學工夫就要離開茨，我猶無想欲出去。」

寶貴點頭說：「焉爾就慢慢想，你猶少歲無要緊。」

「干偌猶袂斷奶的囝仔咧。」牛頭消遣兒子，接著對寶貴客氣的說：「予妳開這爾濟錢真歹適，買雞的錢我來出，看偌濟錢我予妳。」

寶貴白了他一眼，沒好氣的反問：「敢有需要算佮赫爾清楚？若焉爾恁父仔囝禮拜日休睏來幫我湊做生理，我敢要扑薪水予恁？」

牛頭被她的話堵得閉上嘴，看她有些生氣的模樣，小心翼翼的陪笑說：

「哪會雄雄生氣？我只是歹勢予妳開尚濟錢耳耳。」

寶貴佯嗔說：「歹勢是家己想的，若感覺歹勢無你莫食，我佮阿志食就好。」

牛頭看兒子一眼，阿志趕緊逃離現場說：「恁講話欲冤家，無我的代誌，我先去永隆個兜蹉跎一下。」

土水在榕樹王庄時，每逢冬至都會替牛欸做生日，民間傳說冬至是牛的生日，對農家而言，從春耕、夏耘，秋收、到冬藏，耕牛一年四季都在為主人付出勞力，只有在冬至這段時間能清閒些。因此在冬至家家戶戶搓湯圓，喜慶團圓的日子，除了會煮湯圓祭拜祖先外，也會請田地裡的土地公吃湯圓，做為庇佑豐收的答謝，還會在家宅門窗的四個角落都黏一顆湯圓，象徵平安牢固。

阿志來到永隆家，看見土水端著一碗煮好的湯圓，在牛欸的兩根牛角上與額頭各黏一顆，撫摸著牠的牛鼻說：

「牛欸啊！你辛苦矣！勞力喔！」

永隆拿著幾片菜葉，讓土水包湯圓餵給牛吃。

「阿公，恁在創啥？」

「在佮牛做生日啊！」永隆回答。

「恁的牛有生日喔？」阿志驚奇的問。

「毋是啦！自古早傳說，今仔日是所有的牛的生日。」土水回答。

「是焉怎講？牛的生日哪會佇這工？」阿志興致勃勃的追問。

「你想欲聽講古喔？」永隆笑他。

「嘿啊！阿公你講予我聽好否？」阿志拜託土水講故事。

土水站在牛欸身邊，看著牠嚼食草料，緩緩說起牛生日的故事：

「古早古早，有一個做木的墨斗公，伊住佇一個庄頭，彼跡的田園攏免掖肥薅草，干單種子掖落去就會當坐咧等收成，所以做穡人攏足介貧惰，有一工些個做穡人得罪墨斗公，伊就交代徒弟佮做木的柴麩，一工掖一屑仔落去田裡，予田裡發寡草佮做穡人教示一下，結果伊的徒弟嫌費氣，一睏掖尚濟，田裡發尚濟草害稻仔攏死去，墨斗公知也徒弟無照伊的意思做就生氣，施展法術佮伊的徒弟變做一隻牛去幫做穡人做穡，可是這隻牛真歹教示，若欲叫伊做穡就開嘴討欲食圓仔才肯振動，做穡人無伊的法度，就去廟裡佮佛祖投，佛祖就佇牛的下頦釘一隻釘仔，予伊袂當開嘴講話，怨東怨西，因為牛愛食圓仔，所以做穡人會選佇冬至這工佮牛做生日，請牛食圓仔答謝伊一年來的辛苦，閣會佇牛角佮額頭頂黏一粒圓仔釘。」

阿志聽完故事後，對土水和永隆說：「我嘛欲返去佮阮兜的牛做生日。」說完匆匆跑回家。

*

農曆年的前幾天是德隆發商號最忙的時候，進丁讓金火回北港幫春生的忙，順便父子團聚過個年。他自己到鹽埕街的南北貨行坐鎮，來採買年貨的人川流不息，連千佳都帶著世傳和玉蘭到店裡幫忙，直到除夕那天中午，滿福嫂準備好所有要拜門口、拜地基主、拜祖先的飯菜和牲禮，他們關好店門才算開始放年假。

所有工作人員都返家過年後，只剩進丁和千佳加上兩個孩子的一家人更顯得孤單，拜祖先時，進丁舉香向祖先稟告：

「陳家的祖公、祖嬤佮玉枝啊！今仔日欲過年矣，請恁返來用飯菜，也請庇佑咱陳家事業順利，世傳平安長大成人，香火會當漸漸旺盛起來，燒予恁的紙錢請收起來做所費。」

進丁拜了三拜，向千佳他們收取香枝準備一起插進香爐時，發現玉蘭正默默流淚，他關心詢問：

「玉蘭，妳哪會在哭？」

她哭著回說：「阮阿公阿嬤毋知有人攢飯菜佮個拜否？」

她也知道自己的阿伯不務正業，自從添財將她託養在陳家，不久後落水身亡，萬成兩年多一次也沒來探視過她。

進丁拍拍她的肩膀，安慰她說：「恁阿伯是傳承邱家香火的人，袂這爾無責任啦！」

千佳雖不懂得安慰人，見到玉蘭傷心難過的模樣，也有些心軟勸她：

「妁囡仔嫁出別人的，佇傳統觀念內面，妳捧的是別人的飯碗，傳的是別人的香煙，無法度顧後頭啦！」

「個若無人拜無倘食，會當來阮兜做人客，無要緊啦！」世傳天真的回說。

他的話讓大人感覺好笑，連玉蘭都含淚露出一抹笑容。

沙仔地牛車會社這邊，許多牛車戶都回家鄉去過年，連牛頭也是，阿春知道寶貴不可能回去夫家，娘家也不會歡迎出嫁的女兒在初二以外的日子回去，說是怕吃窮娘家，於是邀請她來家裡一起過年。

寶貴幫忙她做飯菜，阿春將白斬雞、白切三層肉和其他菜色都分成三份，阿發也將家裡的祖先牌位請來高雄，所以兩份飯菜各拜蔡家與許家祖先，另一份拜地基主，地基主是住宅這塊土地的守護靈，一年當中的清明、中元、重陽、除夕四個節日，都會準備飯菜祭拜，以求保佑家宅平安，一家人能在此處安居樂業。

阿發拜祖先只會唸請祖先回來用飯菜，簡單拜拜後就插香了事。

土水領著永隆、阿春一起拜祖先，他的祈禱詞就長了許多，除了希望祖先能庇佑蔡家闔家平安順利，有義種田能豐收，永隆讀書考第一外，還特別對已死的老妻交代：

「圓仔，妳要來這過年，毋好返去庄跤，阮攏足想妳的，來這較有伴。」

聽得阿春和永隆都紅了眼眶，想起婆婆生前對她的好，她到現在還很不捨。

冬天黑夜來得快，靠近港口的沙仔地寒風陣陣，土水燒一爐炭火攏在桌下，大家一起圍爐吃飯，這是離鄉背井的頭一年，寶貴內心感觸特別深。

「過去佇庄跤，看別人個兜過年過節鬧熱滾滾，心肝內特別孤單，無翁無囝的守寡查某，佇彼個家族內面，等於是一個外人。」

「人猶是要有伴較好過日，毋是一定要倚靠查埔人，是感情有一個寄託，互相會當做伴而已。」阿春回說。

土水催促寶貴說：「我看牛頭這個查埔人會倚靠得，伊對妳嘛真照顧，禮拜日父仔囝攏去大溝頂幫妳做生理，若會使得就嫁嫁咧，搬來佮伊住做夥。」

寶貴害羞起來，對土水說：「唉喲！阿伯！欲嫁嘛就要人有開嘴欲娶，哪有人家己赫爾大面神講欲嫁人？」

土水笑了起來，瞭解的說：「這個牛頭仔有影有夠憨慢，肉已經園到嘴邊矣，猶毋知欲食。」

寶貴的臉又紅又熱，熾得像腳邊的炭火一樣。

*

除夕夜空卿自己一個人在乞食寮的房裡用炭爐煮一鍋雜菜湯，在這片雜亂無章的破爛處所，多的是像他這種「有路無茨」的殘缺人，以乞討維生。他的腳只是微跛，對他的行動能力影響不大，他與沙枯拉一起經營的飯攤生意很好，有足夠的賺錢能力，寄身乞食寮只為隱藏身分而已。

沙枯拉在前天就休業回鄉下看孩子，與公婆孩子一起過年，他沒有辦法回北港的老家，因為他是一個已經宣告死亡的人，是以沙枯拉丈夫的身分存活，如果回去一切就會穿幫，禍事又將臨頭。

平常有沙枯拉在，生意也很忙，日子一天過一天很少多想，在這個闔家團圓的日子，他獨自喝著高粱，吃一鍋雜菜配飯，感覺特別孤單。今晚他不想要一個人過，於是穿上大衣，前往他習慣去的一家小旅社，那位五十多歲的內將（女侍）認得他，主動拿出一串鑰匙給他，她以為他只是來休息找小姐，他主動拿出身分證讓她登記。

「我欲過暝，叫一個會當陪我過暝的小姐。」他特別交代。

內將露出訝異的神色，也不多問就登記為他安排。

大約十五分鐘後，一個化著濃妝，渾身刺鼻香水味的二十七、八歲年輕女郎敲門進來，鎖上房門後問說：

「尼桑講欲要求過暝？錢是按點鐘算的。」她先說明。

「我知。」他坐在床沿抽煙回答。

「毋捌有人焉爾要求，尼桑你是按算一暝欲做幾擺？」

女郎在他身邊坐下來，也從他放在床邊矮几上的一包香菸，抽出一根用火柴棒點燃。女郎側頭看著他，年近四十的空卿很有男人的魅力，眉宇間藏著一抹憂鬱，很能觸動女人的心。

空卿哂笑著反問：「敢有規定一暝千單會當做幾擺？」

「你想欲做幾擺攏隨在你。」女郎豪爽的笑說。

「時間足量的，妳敢會使去洗一個身軀，佮面頂的化妝品佮芳水味攏洗掉？妳規身軀噴佮芳貢貢，我會睏袂去。」空卿婉轉的要求。

女郎點點頭：「若欲過暝，我嘛是要卸妝。」

空卿把菸蒂按熄在菸灰缸裡，斜靠在枕頭棉被上等待，浴室傳來洗澡的水聲，他因為有些酒意，意識進入一種迷濛中，許多北港的往事交織在腦海，他在媽祖宮前演紙戲賣蛔蟲藥，和博文去南洋戰場做醫護兵，利用演紙戲鼓舞民眾勇敢抗爭，二二八清鄉屠殺摯友命喪街頭，他中槍躲藏在沙枯拉家，她的丈夫林桑以他的身分出殯，他以林桑的身分苟活……。

他覺得好寂寞，心好空虛，卻沒什麼能填補。

他不能再演紙戲，不能再暢所欲言，在國民政府極權統治下，人民不僅沒有言論自由，連人心都逐漸扭曲，為達目的互相檢舉，台灣的未來能有什麼希望？

「尼桑，你想欲焉怎開始？」女郎裹著一條浴巾從浴室走出來，站在床邊問。她洗淨鉛華的臉龐看起來反而清純秀麗，身材纖細有雙修長的大腿。他拍拍身邊的位置，她順從的在他身邊躺下來，解開浴巾裸露胴體。

空卿脫掉身上的衣物，一條大腿上有一個圓形凹陷的暗色疤痕，女郎好奇的問：

「你的跤是焉怎受傷的？」

他沒有回答，壓在女郎身上，今夜他需要有個抒發鬱悶的管道，需要有人慰藉他孤單寂寞的心靈。他相信她的身上也是一部故事，同是天涯淪落人，今夜就相互為伴，共度春宵。

高雄市的鹽埕區是發展最早，最熱鬧的商業區，有專賣水貨的堀江商場，有賣各種小吃百貨的大溝頂，也有銀樓聚集的新樂街和設備新穎的大舞台戲院，假日擠滿逛街的遊客與出來約會的青年男女。

從大年初一開始，大溝頂的生意攤就座無虛席，阿春的四腳仔羹做法是先將青蛙宰殺裹粉油炸，再加進用扁魚、蝦米爆香匯煮筍絲白菜的羹湯中，因為生意太好，阿淑改為在家處理炸青蛙與準備配料，阿發努力釣青蛙兼宰殺，阿春在攤位煨煮羹湯販售，土水、永隆負責跑腿、洗碗與招呼客人，全家一起努力賺錢。

進丁帶著世傳和玉蘭來大溝頂走走，見他們生意興隆也很歡喜，阿春請他們等候有位置時再坐下來吃碗羹，進丁推辭，給永隆一個紅包後，帶著世傳與玉蘭離開。

大年初二回娘家的日子，美慈和幫傭阿蘭從吃過早餐後，就開始忙著做午飯準備請女兒，去年底千佳雖然已經搬到高雄，初二卻沒回娘家，今年她一再要求她回來和千惠聚聚，千佳終於點頭答應，這是身為母親的美慈最開心的一件事。

阿興還在放年假，進丁帶著一些準備好的禮品，和千佳帶兩個孩子分坐兩輛三輪車去林家拜訪，千惠一家人包括王仁義已經先到，承杰正和千惠的兩個孩子在一間鋪著榻榻米的待客室玩撲克牌，見到世傳和玉蘭，揮手招呼他們過去一起玩，有孩子轉移他的注意力，他對王永剛父子的外省口音就不會那麼緊張。

進丁和王仁義幾年不見，能在林家重逢格外歡喜。

「過去一直沒有機會向你們正式道謝，沒想到大家能成為親戚。」進丁在伯元的右手邊座位坐下，面對王仁義父子用台灣腔的國語說。

「為什麼要特別道謝呢？都是應該做的事。」王仁義客氣回答。

「還是要感謝你們兩位替我兒子收屍，沒有讓他曝屍街頭。」

千佳坐在飯廳裡和妹妹默然相對，耳朵裡聽著外面的談話。

千惠有些緊張的看著姊姊，不敢貿然開口，只好藉倒茶打破沉默：

「阿姊敢欲啉茶？」她伸手向茶盤拿起茶杯。

「好。」千佳自然回答。

她發現兩姊妹再見面相處，並沒有想像中那麼困難，千佳心中浮現小時候姊妹倆一起玩扮家家酒的情景，她們把整個茶盤搬到後院裡，在草皮上模仿母親泡茶待客。兩人有模有樣的端起茶杯啜飲，後來一不小心將瓷杯碰撞出一個缺角，母親問起她們都佯裝不知，那個缺角的瓷杯成為姊妹之間的祕密。

兩人默默啜飲茶水，聽母親在廚房和幫傭阿蘭一起煮菜的聲音，還有父親在客廳的談話聲，間夾一陣孩子們的歡笑聲。

「聽講妳佇堀江在做生理？」千佳打破沉默問。

千惠露出笑容回答：「是啊！誰想會到我會去做生理？」

「生理敢好？」

「生理真好，因為有貿易限制，足濟物件無法度進口，所以水貨介搶市。」千惠回說，從身邊的提包拿出一條圖案高雅的絲製方巾遞給她：「阿姊，這條日本絲巾送妳，妳肺管無好，頷頸要圍一條巾仔。」

她還記得她的脖子最需要保暖，千佳感動的收下，微帶一絲歉意的說：

「我也無準備物件欲送妳。」

千惠聲音有些沙啞的回說：「妳肯佮我見面，我就足歡喜矣。」

「妳當初出嫁的原因我已經瞭解矣，恁翁某感情好否？」千佳主動詢問。

千惠眼神有一絲黯然，仍強顏歡笑說：「伊對我足好，阮大倌嘛佮我當做妁囝焉爾疼惜。」

千佳語氣平靜的說：「焉爾就好。」

兩姊妹開始聊一些舶來品的事，找回小時候一起玩樂的心情，千佳問清楚千惠店面的位置，說好會去她的店走走。

時間是最好的療傷藥，在歲月打磨下，她們都逐漸在轉變。

*

為了清明掃墓，阿春帶著永隆，和公公土水在前一天搭車回到榕樹王庄，她以前住的房間已經被阿彩佔用給孩子睡，她和永隆只好去使用公婆房間，土水準備照樣去睡牛椆那間小臥鋪。

當初離開時公公曾言明還不分家產，只是先把家產讓給他們使用，對於阿彩看見他們回來時，一副不耐煩的態度，阿春也不想理會她。

最歡迎他們回來的就是招弟，滿臉驚喜的神情，還不到一年的時間她就轉變很多，揹著阿彩剛出生的兒子永興，胸部已經明顯發育，臉上也冒出幾顆青春痘。

土水要她解下背上的孩子，這是他的第二個男孫，他抱在手上逗弄著：

「你叫永興喔？我是阿公吶，你要佮永隆阿兄同款敖讀冊喔！以後做一個有出脫的人。」

「我這爾久無返來，毋知愛啼袂仔佮阿貴個好否？我出來去揣個一下。」永隆告訴土水說。

招弟怯怯的開口：「阿公……我敢會使得佮永隆兄做夥出去？」

土水應允：「妳去無要緊，囝仔我替妳顧就好。」

結果金環、玉環、銀環都硬要跟著他們，兩人走往村民的聚會中心榕樹王公廟，永隆關心的問招弟：

「阮無佇咧這段時間，妳敢有予阿嬸苦毒？」

「毋是扑，就是罵，俍時無俍日。」招弟苦笑著說。

她與永隆相差一、兩歲，正在轉大人的兩人，連說話都變沉穩起來。

途經愛啼祥仔家的竹管茨，永隆大聲喊他，祥仔神情歡喜的跑出來說：

「永……永……隆，你……當時……返來的？」

「中晝。」

他們一起走向村長家的雜貨鋪，看見阿貴在裡面，永隆故意大聲問他：

「阿貴仔，你是考有學校倘讀否？猶是在抾豬屎？」

「你才去高雄在抾牛屎啦！」阿貴和永隆鬥嘴，眼神卻流露出很高興見到他的模樣。

永隆拿出口袋裡的零用錢，買了一些糖柑仔給幾個妹妹吃，他自己含一顆，分一顆給祥仔，然後對阿貴開玩笑說：

「你要食家己。」

阿貴的阿公是村長，看見永隆回來，問他說：「恁去高雄發展了好否？」

「真好。」永隆回答。

一群孩子繼續往榕樹王庄走，那裡有他們許多共同玩樂的回憶。永隆先進廟裡去拜拜，然後出來坐在大榕樹下，祥仔對高雄很好奇，問永隆說：

「高雄是毋是足鬧熱？」

「有的所在足鬧熱，有的所在嘛是佮庄跤差不多，像阮住的牛車會社，邊仔就是愛河，佮咱的牛稠溪埔同款，只是通海，水是鹹的耳耳，所以我嘛是攏去遐放牛。」

一聽說可以放牛，祥仔興奮的說：「會……使得……放牛喔？焉爾我……若來去……高雄，就有……工缺……倘做矣。」

永隆像個老大哥般正色說：「祥仔，放牛無前途，你要去高雄學師仔，以後靠手藝趁食才會當飼某飼囝。」這是他聽牛頭這樣對兒子阿志說的。

「學……師仔喔？干偌……袂穩喔？我欲……去學啥？」祥仔茫然問。

「學啥攏好，行行出狀元。」永隆學添叔公的口吻說話。

「嗯，我……要……好好想……看覓。」祥仔認真說，又問：「我若……去……高雄，欲去……佗位……揣你？」

「你問人沙仔地牛車會社佇佗位？來會社內面探聽一下就知也。」永隆回答祥仔，招弟在旁邊默默聽著。

「阿貴仔你以後想欲創啥？」永隆又問阿貴。

阿貴回說：「阮老父老母攏去高雄食頭路矣，以後我有可能嘛會去高雄。」

「焉爾好，以後咱佇高雄就會當相揣矣。」永隆高興的說。

回家的路上，招弟羡慕的對永隆說：「我嘛足想欲去高雄學手藝。」

「妳會使得佮阿嬸講啊！」永隆鼓勵她。

「我驚予伊罵，毋敢講。」招弟畏縮的回答。

「無試妳哪會知？」永隆回說。

招弟認真思索起這個問題。

阿春去村裡的雜貨店買些簡單的食材，主動做好晚餐讓一大家人吃，土水和有義閒聊著彼此的近況，知道阿春在大溝頂做生意，賺的錢比他們種田所得還多，阿彩一臉欣羡的模樣問：

「焉爾我敢會使得也去遐做生理？」

有義立刻不客氣的回說：「無彼個尻倉莫食彼個瀉藥啦！」

「予少年輩來高雄發展是有必要的，等這些囝仔大漢，一個一個再沓沓仔牽成。」土水設想著說，不論他對阿彩有多麼不諒解，身為家長的他還是會為後代著想。

「敢會使得予我去高雄學手藝？」招弟鼓起勇氣開口，不敢面對阿彩說。

「妳去高雄，囝仔誰欲顧？」阿彩神情冷峻的駁斥。

阿春用冷靜的語氣說：「查某囡仔若會當去學做衫，猶是學做頭毛，以後才趁有錢。」

「等金環閣較大漢一屑仔，會使換伊照顧小弟小妹，才予妳去。」有義出面決定。

招弟眼裡露出希望的光彩。

夜裡永隆很快入睡，阿春卻睡不著，許多往事在腦海中迴旋，她年輕時和丈夫有忠相識相戀，婚後生下永隆不久丈夫就開始生病，家貧沒錢就醫，只能吃草藥治療，病情卻越來越加重，地主進丁善心安排住院，可惜已經無法醫治。丈夫過世不到一年，地主兒子博文被迫前往戰地服務，媳婦千佳婚後久久不孕，為了替三代單傳的陳家留下血脈，請求阿春能借腹生子，她為了還地主恩情，也為了改善貧窮的家境，以一頭耕牛與牛車的代價，答應為陳家傳宗接代。

曾經孩子是她與博文斬不斷的情緣，但一切都隨一場時代的悲劇終結。孩子是父母一輩子的牽掛，她答應終生不與孩子相認，只求能偶而看看孩子的成長，身為世傳生母的她，僅有這一個卑微的心願，能陪伴兩個孩子平安成長，是她此生唯一的希望。

土水一早就騎腳踏車出去鄰近的市場，採買魚肉等供品與掃墓用的紙錢，回來讓阿春煮熟，用竹籃子裝著，全家人坐上有義後來買的牛車，拉車的是那頭牛欸生的小公牛。永隆像和老朋友久別重逢般喜悅，一路上詢問叔叔關於這頭牛的事，例如聽不聽話？拖車的力量大不大？能拖多重的貨物等等問題。

土水來到埋葬圓仔的這塊土地，內心充滿感慨，妻子以她的生命守護這塊生機勃勃的稻田，靠著兩代人的努力，貧窮的佃農才擁有屬於自己的土地，希望後代子孫能好好珍惜啊！有義、永隆忙著除墓草、掛墓紙，阿春將供品擺在墓碑前，全家人一起舉香膜拜，清明紛飛的細雨及時到來，土水望著這批四月早已經結穗的稻子說：

「今年節氣來了對時，應該會是一個好年冬。」

七

國民政府在一九四五年十月二十五日自日本政府手中接收台灣，因為行政官員的無能與貪污腐敗，且用新統治者的傲慢態度對待台灣人民，不到一年就造成糧荒和嚴重的經濟危機，導致一九四七年二月二十八日天馬茶房前的查緝私菸事件，竟迅速蔓延成全台人民群起抗爭。最後國民政府從中國派兵至台灣用強勢武力陣壓，清鄉屠殺無數台灣精英，隨之而來的白色恐怖，以清除共產黨餘孽的名義，連許多隨國民政府來台的外省人也受害。

長期受日本政府統治的台灣人民，原本一心期待重回祖國懷抱，沒想到國民政府帶給台灣的不只是政治黑暗，還有經濟衰退。一九四九年國民政府全面撤退到台灣後，為了控制嚴重的通貨膨脹，以四萬換一元的兌換率改發行新台幣。一九五一年因中國共產黨勢力擴張引發韓戰，美國所主導的反共圍堵陣線必須更鞏固，台灣的戰略地位因此提升不少，美國國會通過共同安全法案，開始對台灣提供各種經濟援助。

台灣從一九五一年起到一九六五年止，因為有美國的經濟援助，平抑了物價，解決民生問題，有資金可進行各項建設，促進經濟發展，讓台灣社會逐漸邁向進步繁榮。

一九五六年入夏，沙枯拉與空卿在河北路乞食寮旁，臨河畔搭建的違章工寮經營的飯攤生意蒸蒸日上，他們除了自己賺錢外，也帶給那些乞丐鄰居一些工作機會，例如讓丐童去附近的林商號木材廠，撿拾工廠不要的廢材來換錢；智能雖低還有一些工作能力者，可以來幫忙洗碗，他們都願意給肯勞動者賺錢的機會，因為大家都是異鄉來此落腳討生活的人。

獨目勇仔從小失去一顆眼球，他其實好手好腳，只是因為自卑又易怒的個性難與家人相處，自暴自棄出來流浪才淪為乞丐，一頭髒兮兮的亂髮，掩蓋住缺少眼球眼眶凹陷的半邊臉，三十多歲就滿面風霜。空卿建議他去買一台長方形可裝貨物的手推車，然後去林商號泡進口木材的池塘剝取樹皮，曬乾後來賣給他們當柴火，一車可以給他五元錢。結果勇仔出去行乞時，順手偷來一部手推車，還沒去剝樹皮，倒先用車子推回來一個雙腿蜷縮，與他年齡相仿的女人。

每天他會用推車送她去市場口定點行乞，散市後再去接她回來，偶而他會來買一碗海鮮飯湯回去給他的愛人吃，沒多久就見她的肚子大起來，這讓沙枯拉和空卿都替他們未出世的孩子擔心。

「她都大肚子了，你還讓她去乞討？」沙枯拉對出來提水的獨目勇仔說。

「沒辦法啦！要吃飯啊！」他用簡單的國語回答。

「乞討能養小孩嗎？」

「她就沒有腳，還能怎麼辦？」

「沒有腳，還有手啊！」

「只有手能做什麼？」

「靠一雙手也能做手工賺錢。」沙枯拉神情堅定的說。

獨目勇仔為了未出世的孩子，已經開始去剝樹皮來向他們換錢，但是憑他的腦筋，也實在想不出來有什麼手工能做。

沙枯拉交代空卿去菜市場向賣雞的攤販收集一簍雞毛，回來洗淨曬乾，又去賣竹製品的店買藤條，再買漿糊和一捲細棉線回來，她利用下午飯攤休息的空檔，去獨目仔的家裡教他們綁雞毛撢子。空卿看她先將雞毛一根根整理擺放整齊，和漿糊一起擺放在矮桌上，細棉線頭先在藤條末端綁緊，靠近線軸的那端取適當長度後，在腳趾頭上繞個圈踩住，然後開始很有耐心的將雞毛一圈一圈，邊黏邊綁邊放繩的固定在藤條周圍，不到兩個小時就紮好一根漂亮的雞毛撣子。

「妳怎麼會綁這個？」空卿佩服的問。

「小時候家裡窮，綁這個可以賺錢，鴨毛和鵝毛都可以保暖做成被子，只有雞毛不保暖沒人要，綁成撣子好看又好用。」沙枯拉說。

「把沒人要的東西，變成可以賣錢的用具，真的太聰明了。」空卿豎起大拇指。

沙枯拉露出頑皮的笑容：「不是我聰明，是為了要生存。」她轉問獨目勇仔夫妻兩人：「這樣你們會了嗎？綁一隻賣兩元，勤勞一點就能賺錢。」

獨目勇仔夫妻感謝得直點頭。

夜裡沙枯拉和空卿兩人收攤後對坐小酌，沙枯拉突然問空卿：

「你對未來有什麼期望？」

空卿搖搖頭，然後半開玩笑的回說：「台灣可以真正的民主自由。」

「這個需要很長的時間。」沙枯拉笑說。

「妳呢？妳有什麼期望？」他反問。

「我的期望很小，就是能開一家比較大的餐廳，栽培兩個孩子長大成人，這樣而已。」沙枯拉神情堅定的說。

「這樣我們就努力賺錢來開餐廳吧！餐廳名字妳有想過嗎？」

「想好了，就叫林桑。」

「這樣大家會以為林桑就是我。」空卿哂笑。

「你也是林桑沒錯，希望台灣未來會更好的林桑。」

＊

牛車會社有一場喜事，牛頭和寶貴兩人結婚，選擇星期日休假的中午，在廟口辦了幾桌宴請大家，牛頭穿上西裝，寶貴穿喜氣洋洋的紅旗袍，男的憨厚，女的嬌豔，臉上都堆滿幸福的笑容。

「恭喜喔！祝恁婚姻圓滿，白頭偕老。」添叔高興的向他們舉杯祝賀。

牛頭咧嘴一笑說：「阮這是兩個半圓，合起來拄好一個圓。」

「兩個半圓欲合起來要用糊仔黏，祝恁永遠黏黐黐，甜物物。」祥哥風趣的說。

福哥故意調侃：「兩個早就糖甘蜜甜矣，祝恁早生貴子啦！」

「今嘛才欲生，已經尚老矣啦！」寶貴含羞而笑。

「以前足濟大家新婦做夥生囝的情形，妳才幾歲耳耳？欲生半打猶有咧！」福嫂笑嘻嘻的對寶貴說。

寶貴困窘的低垂下頭，偷偷輕扯一下丈夫的衣袖，牛頭立刻出面解圍：

「生半打有較濟一屑仔，生三個就好啦！」

大家一致拍手叫好，寶貴嬌嗔的搥打丈夫。

阿春坐在另一桌看著覓得良緣的寶貴，內心替她感到歡喜，她勇敢擺脫丈夫家族的束縛，來到高雄開創新生活，人生道路能遇到知心人作伴同行，彼此珍惜照顧是很幸運的事。

「你敢會想欲有小弟小妹？」和阿志坐在一起的永隆問說。

「毋知呢！我無想赫爾濟，有細漢囝仔毋是介麻煩？」阿志一副不以為意的樣子。

「當然嘛麻煩，毋好袂記得恁攏是序大人抾屎搦尿飼大漢的。」土水叮嚀他們。

「我干單想講，以後我若出去學師仔，阮阿爸有阿姨陪伊，就袂一個人孤單矣。」阿志淡淡的說。

「我以後一定袂離開阮阿母。」永隆肯定的說。

阿淑笑著問永隆：「意思是你娶某了後，也是欲佮老母做夥住喔？」

永隆理所當然的回答：「兮是一定要的，猶閣有阿公、阿舅嘛要做夥住。」

「恁阿舅會娶某生囝，伊會有家己的家庭。」阿淑偷瞄身邊的阿發一眼，有一些臉紅羞澀。

「阿舅，焉爾咱就買茨住相隔壁，逐工攏會當見著面。」永隆對阿發說。

他的年紀就只想著親人就是要住在一起，彼此可以互相照顧，一輩子永不分離。

「好啊！」阿發歡喜的回說。

在阿發單純的世界中，他也只想和唯一的姊姊住在一起互相照顧，阿春和永隆是他在這世上唯一的親人，也是對他最重要的人。

宴客結束，牛頭和寶貴、阿志回到家裡休息，在辦喜宴之前，她已經先搬進來，把環境都做一番打掃清理。她和阿志一起動手整理他母親的遺物，由他決定什麼東西想保留做紀念，什麼東西要丟棄，阿志想保留的都用一個箱子裝起來存放。

阿志的房間與他們的臥房相連，他進去換下寶貴幫他買的新衣服，穿了一套舊短衣短褲出來，告訴他們說：

「阿爸、阿姨，我欲佮永隆做夥出去踅跎。」

「你是毋是要改嘴矣？猶在叫阿姨喔？」牛頭提醒他。

寶貴立刻說：「毋免一定就要改嘴，你歡喜欲叫啥攏會使得。」

阿志聳聳肩，逕自走出去。

「焉爾會予囝仔無規矩。」

牛頭邊將西裝掛起來，又動手鬆開領帶，解開襯衫鈕扣。

寶貴坐在床沿平靜的回答：「對伊來講，誰也無法度取代個老母佇伊心肝內的地位，所以我願意做伊的阿姨就好，伊的阿姨就是個老母的姊妹，我會佮伊當做家己的囝仔同款疼惜。」

牛頭感動的看著她說：「個老母若佇天頂有聽著這些話，一定會足感謝妳的。」

「我嘛感謝伊予我有一個囝。」寶貴由衷的說。

牛頭伸手握住她的雙肩，將她扶站起來，兩人面對面親近的靠在一起，她的手掌貼著他裸露的胸膛，透過那厚實肌膚傳來有力的心跳，帶給寶貴一股可靠的溫暖。

「感謝天公伯予我會當拄著妳。」牛頭將她緊緊抱在懷中。

「我嘛感謝天公伯予我會當拄著你。」她輕聲回答。

阿志走到永隆家，他們說好要跟阿發舅舅出去抾田螺、釣青蛙，阿發已經準備好器具在等他，阿志和永隆兩人坐在阿發的身後，三人擠坐在車墊上，摩托車後架還載著一瞅青蛙釣和竹籃，兩邊掛著水桶。

阿發帶他們到內惟埤一帶，先在稻田周遭插上青蛙釣，由阿志和永隆幫忙取出罐子裡的蚯蚓，再捻斷成一小截勾在釣勾上當誘餌。然後再帶著水桶巡視農田邊的圳溝，撿拾田螺及蝌仔，高雄六月的天氣已經很炎熱，尤其是在午後的時間，三人早已全身被汗水濕透。

「我撮恁來去一個所在泅水。」阿發對他們說。

永隆想起那年與世傳因為下去牛稠溪玩水，回去後被阿春拿藤條狠狠修理的事，有些畏懼的說：

「焉爾敢會予阮阿母罵？」

「我是大人，會保護恁，佮我做夥玩水無要緊啦！」

阿發跨上摩托車，載他們去一條內惟埤的小支流，水淺流速也緩，很適合游泳戲水。

「恁敢會曉泅水？」阿發問他們。

阿志點頭說：「我會曉，阮阿爸有教我。」

「我袂曉，阮阿爸早就死矣，無人教我。」永隆有些失落的回答。

「來，阿舅教你。」

阿發牽永隆到一個深淺適中的地點，拉著他的雙手教他先在水中浮沉與抬頭換氣，永隆看見阿志像一條魚似的，在水裡自在優游，神情羨慕的說：

「會曉游泳足好的。」

阿發正色說：「無論做啥物代誌，攏是要用時間去學習，無人天生就會曉做啥？」

「今年熱天，我一定欲學會曉泅水。」永隆下定決心說。

「好，你較漸佮阿舅出來咧，保證你真緊就會曉泅。」

＊

千佳挑了一個星期假日，帶兩個孩子走路去堀江商場逛街，假日的堀江人潮川流不息，有來自各地的遊客，洋菸、洋酒、衣物、百貨等各種舶來品琳瑯滿目，引領潮流。

千佳找到千惠開的店，店裡也有幾個進來參觀商品的人，千惠和另外一個店員正忙著向客人介紹商品。

「阿姨好！」世傳和玉蘭恭敬的和千惠打招呼。

「阿姊，歹勢呢！今仔日人較濟，恁先家己看覓。」千惠不好意思的說。

「無要緊，禮拜時迺街的人較濟，生理一定較好。」千佳不以為意的回說。

千惠先在世傳和玉蘭手裡各塞入一包日本餅乾，對他們說：「這予恁扑開來食。」世傳和玉蘭看了千佳一眼，只是拿著並沒有打開。

千佳像遊客一般逕自參觀那些舶來品，好奇研究貨品都來自哪個國家。店裡其實空間不大，擺放貨物的商品櫃外，並沒有可以待客的桌椅，等店裡參觀的客人買好東西出去後，千惠才從後面的隔間搬出三個圓板凳給他們坐。

見世傳和玉蘭還拿著餅乾沒打開，千惠問說：「毋佮意食餅呢？若無換巧克力好否？」

「免啦！平常個欲食啥攏嘛有。」千佳淡淡的說，話裡有幾許驕傲的成份。以陳家的財力與生意背景，生活確實是過得十分富裕。

「阿姊敢有看佮意的物件？」千惠問。

千佳搖頭：「我的生活足簡單，需要的物件無濟。」隨後問說：「妳哪會有法度做這項生理？我以為妳會去做公務人員。」

千惠淡然回答：「我無想欲做彼款牽親引戚的代誌，所以來高雄了後，我就出來引頭路做店員，就焉爾接觸著這途，後來看會使得，我就提多桑予我的嫁妝家己開店矣。」

「失禮，妳嫁的時陣，我毋知也茨裡發生彼款代誌，所以才會對妳赫爾生氣。」千佳歉然說。

「我會當體會妳的心情。」千惠用平靜的語氣說，然後誇獎世傳他們：「這兩個囝仔足聽話，會當乖乖佇這坐。」

「若無乖，會予阮媽媽罰跪呢！」世傳趁機告狀。

千惠對世傳眨眨眼，故意開玩笑告訴他：「恁媽媽的脾氣足大的，我佮恁阿舅細漢攏足驚伊的。」

千佳帶著一抹笑意，埋怨說：「哪會佮囝仔講焉爾？」

「阿姊妳敢猶有在畫圖？」千惠轉移話題問。

「有啊！若無時間毋知欲焉怎過。」千佳嘆著氣說。

「以前妳佮尼桑攏足愛畫圖的，若是有好作品，嘛會使得袂幾張來囥佇我這賣。」千惠建議。

千佳直接拒絕：「我也無欠錢用，賣圖欲創啥？」

「圖有人欣賞是一種成就，我這有外國人在出入，個足佮意國畫。」

千佳不當一回事，有客人再走入店中，她便帶著孩子離開。

堀江商場是在五福路靠近高雄港這一邊，另一邊是大溝頂的其他生意攤，出了千惠的店走到五福路口，世傳就拉著千佳想去找永隆。

「媽媽，永隆兄禮拜攏會來幫忙個阿母做生理，咱來去看個好否？」

「個在無閒做生理，有啥物倘好看的？」

「咱來去食四腳仔羹啦！我腹肚枵矣。」世傳故意這樣哀求。

「我才無愛食四腳仔，你腹肚枵咱返來茨裡，就有足濟物件倘好食。」千佳不肯答應。

「好啦！咱來去看看咧就好。」世傳哀求。

世傳不斷輕搖著千佳的手，像一隻搖尾乞憐的小狗，讓她也不忍心再拒絕，但還是聲明說：

「看一下就好喔！」

「好啦！」世傳露出歡喜的神情，拖著千佳往大溝頂的那一邊直走，經過許多生意攤，才在其中一處找到阿春和寶貴相連的攤位，在簡單搭起的棚子裡，幾張桌子都坐滿人，阿春在攤前掌杓，看見他們走來，眼裡有些意外的驚喜。

「少奶奶，哪有閒倘來？」她怯怯的問說。

「少奶奶。」土水也跟千佳打招呼。

世傳高興的回答：「阮去揣阮阿姨，順續行位這來。」

在後面洗碗的永隆，跑到攤前向千佳問候：「媽媽，妳好！」

千佳點頭，隨即跟世傳說：「好矣，你有看著佃當在無閒否？咱要返去矣。」

「我攏猶袂佮永隆兄講著話咧！」世傳噘起嘴說。

「永隆只要有閒，隨時會當來咱兜揣你蹉跎，咱莫妨害佃做生理。」千佳對他們說。

世傳立刻露出欣喜的神情，要求永隆說：「阿兄你要較漸來阮兜揣我蹉跎咧。」

「咱休熱了後，我就升初三，你就讀六年的矣，攏要考試才有學校倘讀，哪會使得千單想蹉跎？」永隆以一個大哥的口吻勸說。

「焉爾你就來阮兜做夥讀冊。」世傳改口說。

「我禮拜攏要來幫阮阿母做生理，可能較無時間。」永隆為難的說。

千佳主動開口：「若欲做夥讀冊，暗時來嘛無要緊。」

世傳發出一聲歡呼：「阿兄你有聽著响？暗時也會當來喔！」

有了母親的承諾，世傳滿意的離開，看著他們遠去的背影，阿春的眼裡泛起一層水霧，她發現有些原本很困難的事情，經過時間的沉澱，突然就變簡單容易了。

阿發被姊姊強迫一定要帶阿淑去看電影，兩人站在大舞台戲院門口，為了看西洋片或台語電影僵持不下。

「我欲看《戰爭與和平》。」阿發指著洋片的電影看板說。

「兮是阿督仔演的，有啥物好看？咱來看《薛平貴和王寶釧》啦！」阿淑指著由歌仔戲團拱樂社拍的台語片說。

「彼齣戲去看歌仔戲就好，哪著來電影戲院看？」阿發不以為然的說。

「我就是想欲看這齣。」阿淑堅持說。

「我無愛看。」阿發也不肯讓步。

「焉爾歸氣莫看。」阿淑有些生氣說。

阿發竟然就同意：「莫看就莫看，焉爾咱欲創啥？」

阿淑抱胸瞪他不語，阿發一臉茫然的問說：「到底妳是想欲焉怎？」

阿淑沒好氣回他：「隨在你啦！」

「是妳家己講欲隨在我的喔！」阿發事先聲明。

「你是想欲創啥？」阿淑有些不安的反問。

「行，我撮妳來去一個所在。」阿發走向他停摩托車的地方。

「是欲去佗位？」阿淑有些膽怯畏縮的跟在他身後問。

她今天有經過一番打扮，雖然還是綁著兩根髮辮，但嘴上塗了粉紅色的胭脂，還穿上一襲花洋裝，阿發卻還是平常的穿著，棉製的粗布衫褲透氣又舒適。

「來去就知。」他跨上摩托車發動起來。

阿淑只好側坐上去，一手攬著他的腰，一手抓住洋裝裙襬，避免亂飛會絞進車輪裡，身體緊貼著他堅挺的後背，鼻腔裡全是男人特有的氣息，害她一顆心噗通噗通的狂跳。

摩托車在街道上奔馳，轉了幾個彎，繞過一個漁港，就來到一片美麗的海灣。

「到矣！」阿發在岸邊的道路旁停下摩托車。

「這是佗位？」阿淑跳下摩托車後問。

她來到高雄後除了工作外，也難得出門玩。

「這是西仔灣。」

「這有啥物倘好耍的？」阿淑有些失望的問。

「撮妳來看日頭落西。」阿發停好摩托車，緩緩走向沙灘。

阿淑跟在他的身邊走，兩人鞋子都進了沙，只好脫下來提在手上。

橘色的太陽還停留在海面上，灑滿金色波光，海浪翻滾著湧上沙灘，有時淹沒過他們的腳踝，撫平兩人留下的足跡。

「發哥，你敢有佮意我？」阿淑鼓起勇氣問他。

「有啊！」阿發肯定的回答。

阿淑滿心歡喜，卻故意問他：「可是我哪會攏無感覺你有佮意我？」

「愛焉怎妳才有感覺？」阿發愣愣的反問。

阿淑一跺腳，嬌嗔的回說：「毋知啦！」

阿發看著腳下一波又一波的海浪片刻，緩緩開口說：「阮阿爸欲死以前有交代，對查某囡仔，若無欲佮人娶，就袂使得佮人焉怎。」

阿淑一聽，馬上生氣的回說：「所以你是無想欲娶我？」說完，又發現有語病，因此困窘起來。

阿發十分理智的告訴她：「毋是，我是想欲有茨了後，再來娶妳，焉爾妳就毋免赫爾辛苦。」

「發哥……。」阿淑感動的看著他。

眼前這個看來有些孩子氣的男人，原來內心也有成熟穩重的一面。

「我會拚命趁錢，較早買茨倘好娶妳入門，妳閣等我兩年。」阿發向她承諾說。

阿淑撲進他的懷抱，伸手環抱住他，阿發也環抱她，夕陽將兩人的影子拉得長長的，印在這個美麗的沙灘上。

八

暑假有兩個月的時間，永隆平常日跟著阿公駕駛牛車去高雄港碼頭運貨，假日去大溝頂幫母親做生意，因為夏天日長，每天從高雄港回到沙仔地，還能跟舅舅出去放青蛙釣，順便請舅舅教他游泳，甥舅倆有時會玩到接近宵禁才回家。

阿春在大溝頂的生意大約做到晚上八點收攤，有時生意好也會提早賣完，她將買來載貨的三輪車停在牛車旁邊，把鍋具搬進灶間，去浴室直接用冷水洗澡，六月天的冷水不必加熱也微溫。

永隆和阿發出去還沒回來，公公已經上床休息，她坐在床沿數算今天的營收，把鈔票分類整齊疊放在一起，準備明天帶去存放在她和阿發的兩個戶頭裡，這個生意算是她與阿發合夥。

她將錢包放進床頭邊五斗櫃的上層抽屜，看見收放在裡面的東西，拿起一張照片看了許久，那是博文抱著世傳拍的周歲紀念照，他那英俊又斯文的臉上帶著溫柔的笑容，世傳童稚的五官依稀有他的影子。

她又拿起一捲畫布攤開來看，裡面的她耳畔別著一朵粉紅色的山芙蓉，笑容帶著昨夜激情後的一抹嬌羞，他去世十多年了，那些回憶卻還是不時浮上心頭。

「阿母妳在看啥？」永隆突然出現在她身邊問。

她如夢初醒，趕緊想把畫收起來，永隆卻已經伸手過來拿：

「我看一下。」他拿過畫布認真的看著，誇獎說：「這張是誰幫妳畫的？畫佮足成閣足媠呢！」

「一個朋友。」阿春淡淡的回答。

「這張相片是誰人？」他又拿起五斗櫃上的那張照片看著問。

「伊就是幫我畫圖的朋友。」

「阿母也有水準這爾懸的朋友喔？」永隆開玩笑消遣母親。

阿春笑了一下沒答腔，默默收好畫布和照片。

「阿母，我今嘛毋免帶便當，妳明仔在加睏一下，莫起來煮早頓，我來去買豆奶饅頭返來食好否？」永隆對她說。

「你想欲食豆奶饅頭喔？」

「今仔日佇附近看著一間新開的豆奶店，阿公講哪會當去抾做豆奶的豆頭返來予牛欸食，牛欸會加足有氣力。」

「好啊！焉爾你去買豆奶饅頭做早頓，順續佮個討豆頭。」

阿春拿錢給永隆，叫他早點洗澡睡覺。

隔天永隆早早起床，悄悄越過母親身邊下床，提著裝湯的鋁壺和水桶，把水桶綁在腳踏車後座，騎出牛車會社，在旁邊一條小巷口的豆漿店停下來。

「我欲買四碗豆奶佮四粒饅頭。」他走進店裡說，因為時間還早，店裡還沒有客人。

一個正在準備蒸包子的老伯抬起頭，用外省口音的國語說：「請等一下。」

永隆和外省伯伯同時愣住了，永隆開心的呼喊：

「王伯伯！」

「你是扭到腳的那個孩子？」老王也一臉欣喜。

永隆猛點頭說出自己的名字：「我叫永隆。」接著問說：「你怎麼會來高雄？」

「跟著我兒子的部隊調過來的，你呢？你怎麼會來？」

「我媽媽就說要搬來高雄啊！」

「搬來都市好，比較有發展的機會。」

「我們現在住在旁邊的牛車會社，利用牛車在高雄港運貨，所以想來討一些豆渣回去餵牛。」永隆主動說明。

「沒問題，都給你。」老王一口答應。

老王給他滿滿一大壺的豆漿，拿饅頭的時候特別問他：「要夾糖粉嗎？」

「要。」永隆笑著大聲回答。

那年清明節他和愛啼祥仔、阿貴一起去放牛吃草，在愛啼祥仔帶領下，找到去掃墓的寶貴姨臆墓粿，結果小牛被偷牽去甘蔗園宰殺，他拚命追趕偷牛賊，半路跌倒扭傷腳踝，坐在路旁痛哭失聲，結果遇見出來賣豆漿饅頭的老王，在他又餓又累又傷心難過時，給他一顆灑了甜甜糖粉，充滿麵香的饅頭，撫慰了他受傷的心靈。

他還記得他說過，這種吃法是為了適應台灣人的口味。

永隆帶著豆漿饅頭和豆渣回到家，土水已經起床在整理牛椆，他把裝豆渣的水桶交給阿公，興奮的告訴他和老王重逢的事。

「以後咱牛欸逐工都有豆頭倘好食矣。」

土水也高興的回答：「焉爾會當省一寡買豆料的錢。」

阿發載著兩竹簍青蛙回來，夏天是捕捉青蛙最好的季節，他吃著永隆買回來的豆漿饅頭，直誇讚說：

「這饅頭甜甜，足芳足好食的。」

阿春笑說：「甜就好食喔？」

「真正袂歹食，配這豆奶閣較讚。」連土水都誇獎。

「若愛食，以後永隆去抾豆頭就較漸買咧，大家互相攏有利。」阿春應允。

「我若學校無讀冊，免帶便當的時陣，咱攏來食豆奶饅頭。」永隆提議。

阿春取笑他：「煞毋知也是你在枵鬼。」

「咱常常佇碼頭運麵粉，毋知也這麵粉做的物件，無輸咱的紅龜粿。」土水驚嘆說。

「麵粉做的麵條，嘛無輸咱的米篩目，聽講個北方的外省人攏愛食麵粉做的物件。」在大溝頂上賣吃食的，也有一些外省人開的麵攤，平常阿春也很喜歡去吃外省麵。

「聽講美國政府佮個的麵粉半賣半相送，運過來咱台灣，所以麵粉才會這爾俗。」土水說。

永隆告訴阿公：「兮麵粉袋仔頂面攏有印中美合作喔！」

土水嘆口氣說：「阿公就青瞑牛，毋捌字，你一定要好好讀冊，替咱蔡家祖先光宗耀祖。」

這個暑假過後，永隆升上國中三年級，他的目標是考進高雄中學，而世傳和玉蘭已經國小六年級，也是要面臨升學考試的階段。三個人晚上常聚在一起讀書，永隆的好成績不但是他們兩人的表率，也可以指導兩人的課業。

「讀冊上重要的是勤讀，要佮課本的內容攏讀佮理解，毋是欲考試以前才來死背。」永隆在複習功課告一段落時，再次對他們強調這個觀念。

二樓的書房裡擺放一張長桌，永隆總是坐在桌首，讓玉蘭和世傳分坐他的左右兩側，方便各別指導。

「阿兄，我感覺你足厲害的呢！看你赫爾無閒，休睏日若毋是幫忙阿公運貨，就是幫忙阿母做生理，逐工放學閣要去割草飼牛，成績猶會使得維持佇第一名，你真正有夠天才。」世傳用崇拜的眼神看著永隆說。

「毋是我天才，是我比別人較認真讀冊，人下課在蹉跎的時陣，我攏在看冊背英語單字，阮阿公年歲濟矣，家己一個人搬貨尚辛苦，阮阿母為著欲栽培我，也是拚命在趁錢，所以我要盡量減輕烟的負擔。」永隆懂事的說。

進丁從店鋪回來，到二樓探視他們讀書的情形，聽見這番對話，露出欣慰的神情。

「冊若讀完，就落來樓跤食點心。」他站在書房門口對他們說。

「阿公，你返來矣。」永隆恭敬問候。

他和世傳兩人結拜做兄弟，已經很習慣將對方的長輩，當成是自己的長輩來稱呼。

進丁微笑點頭，先下樓去。

永隆將自己的課本和鉛筆盒收進書包，世傳高興的對他說：

「天氣熱，滿福嬸仔有洗籽仔冰佇冰櫥，加雷檬汁佮糖水足好食的。」

「籽仔是啥物？」

「就是……一種籽仔啦！」世傳無法解釋。

玉蘭露出一絲微笑說：「籽仔就是奧蕘，國語叫做愛玉。」

她現在在永隆面前越來越拘謹，甚至也不愛跟世傳說話。

「我毋捌食過。」永隆說。

以前住在鄉下，大人對生活很節儉，孩子最奢侈不過是去簳仔店買幾顆糖柑仔吃，來到高雄之後，母親和阿公也是節儉慣了，很少買三餐以外的食物，只有在陳家他才能吃到一些過去沒吃過的東西。

他們下樓走進飯廳，千佳已經從冰櫥裡端出整鍋愛玉，還有檸檬汁和糖水，給他們每個人都調製一碗。

永隆迫不及待嚐了一口，立刻讚嘆說：「哇！真正足好食。」

「媽媽，玉蘭哪會無分著？」世傳提醒千佳。

「伊袂行得食冰的物件。」進丁回答。

「是焉怎伊袂當食？」世傳不解。

千佳端來一碗黑色的補湯擺在玉蘭面前，對她說：「妳食這碗。」

「兮是啥？」世傳一直好奇追問。

「兮是查某囡仔在食的。」進丁只能簡單解釋。

「物件也有分查某囡仔佮查埔囝仔食的呢？」世傳不斷想問個究竟。

「有啊！你敢有想欲食？」進丁微笑問他。

世傳立刻拒絕：「毋要，我上討厭食補。」

玉蘭一臉為難的表情，拿起湯匙舀了一小口送入嘴裡，勉強吞入喉嚨，卻眉頭緊皺，許久都沒舒展開來。

千佳冷眼看她，語氣有些嚴厲的催促：「趁燒緊一嘴啉予凋，莫焉爾拖拖沙沙。」

玉蘭不敢抗命，只好端起碗來，咬著牙，將湯藥一口氣灌入肚子裡，喝完眼裡浮現一層淚花。

她把碗端去放在洗碗槽裡，對大家說：「我欲先去整理冊包矣。」說完匆匆離開。

永隆吃完那碗愛玉，也跟大家告別：「我嘛欲返去矣，媽媽，阿公，再見！」

「騎較慢咧！」進丁交代。

玉蘭上樓去書房整理書包，忍不住一直掉眼淚，內心有一股莫名的孤單，她很想念死去的阿公、阿嬤，甚至也會想自己的親生媽媽，為什麼忍心丟下剛出生的她離開？她的身體正從一個女孩轉變為一個女人，這突如其來的狀況讓她驚恐不安。那天她慌張的跑去找千佳，囁嚅的告訴她：

「媽媽……我……毋知焉怎……流血矣。」

千佳只是平淡的告訴她：「無要緊，這是正常的。」

她叫她在房間等著，出去買了幾件月事褲和經血墊給她，指導她如何使用與清洗，對她說：

「以後這種代誌，一個月會有一擺。」

「是焉怎會焉爾？」她怯怯的問。

「這代表妳已經按一個查某囡仔，變成會當嫁翁生囝的查某人矣。」千佳用最直接的方式回答。

這種說法，讓玉蘭更清楚自己在陳家的身分，她和世傳在兩家長輩約定下指腹為婚，祖父母的早逝託孤，讓她不得不依附陳家成長，不論她願不願意，將來她都必須擔負起為陳家延續香火的責任，這是承諾，也是她欠陳家的恩情。

玉蘭回到自己的房間，在床沿坐下來，眼淚仍不時湧出眼眶，她忍不住想著，別的女孩面對這種事情會是什麼心情？有媽媽陪伴的女孩，應該不會像她這麼害怕吧？

千佳開門走進玉蘭房間，看見她慌張的站起來，忙著用手抹掉眼淚，心裡多了一分溫柔。

「以前我也佮妳一樣，足討厭食這些補藥，後來嫁入陳家……。」千佳說到這裡突然打住，轉而關心她說：「這攏是為著妳的身體設想，每一個查某囡仔到這個時陣，一定要佮身體顧予好，若無以後一定會後悔。」

玉蘭乖順的點頭，看著千佳離開的背影，內心總算感到一絲溫暖。

＊

空卿和沙枯拉總是在能力所及時，幫助乞食寮裡的困苦人，獨目勇仔和他大腹便便的妻子，在沙枯拉的教導下，學會綁雞毛撢子賺錢，不必再連同肚裡的孩子一起在街頭曝曬行乞，他們最初綁的雞毛撣子就吊在飯攤的角落寄售，後來開始有賣雜細的小販來批發，綁雞毛撢子漸漸在乞食寮裡，變成一種可以增加收入的副業，有些乞丐出去行乞時也會帶出去販售。

空卿是一個正值壯年的男人，沙枯拉名義上是她的妻子，事實上她就像他的大姊一樣在照顧他，每當他夜裡要出門，或直接了當告訴她：

「我來去市政府後壁辦公一下。」

她就會特別叮嚀：「別喝酒，要喝在家喝就好。」

因為他每次只要喝醉，就會變回過去那個演紙戲的空卿，對國民政府的貪污腐敗深惡痛絕，對台灣人民必須長期受統治者欺壓深感不平，滿腔的憤怒不吐不快，誰也阻擋不了。沙枯拉唯一能對付他的辦法，就是趕快將他灌醉到不省人事為止。

她很瞭解他內心的痛苦，這個不得不接受的人生，像一條沒有盡頭的黑暗道路，沒有可以期待的光明，所以他需要一宿貪歡，來讓自己暫時忘卻痛苦，換取繼續活下去的力量。

空卿已經很久沒有到市政府後面，富野路與瀨南街這一帶的巷弄裡尋花問柳了，主要原因是他們經營的飯攤生意越來越好，認識他和沙枯拉的人多了起來，這裡和乞丐寮相距不遠，他怕遇到認識的人，會給沙枯拉帶來困擾。

他們剛到乞食寮落腳時，有空他會四處走走看看，因而發現這裡是豔窟，越是隱密的巷弄，藏著越多靠肉體賺錢的女人，而女人的背後連結著的，當然都是黑道。

空卿微跛著腳，從愛河畔緩緩走進幽暗的老巷弄，除非買春客，一般人連白天都避行的地方，晚上當然都是各家私娼館的目標，坐在門口的女人，一見他經過，立刻招手喊著：

「尼桑！入來坐啦！」

他抬眼瞄著那些坐在屋裡，穿著清涼的女人，正想隨興走入其中一家，冷不防身後響起一句刻意壓低音量的問話：

「阮這有幼齒的山雞，欲試看覓否？」

空卿驀然回首，卻被眼前的人驚呆了，而對方就像見到鬼一樣，倒退兩、三步，嚇得語無倫次的指著他說：

「你……你……你……是人……猶……猶……是鬼？」

「跛腳成仔！你哪會佇這？」

他鄉遇故人，空卿雖有些慌亂，還是帶著一絲欣喜，他和萬成畢竟曾是同窗好友，雖然後來有些不齒他的為人。

「你家己嘛跛腳，敢一定要焉爾叫才會行得？」萬成橫眉豎目的回說。

空卿咧嘴一笑，他忘記萬成最厭惡人家叫他的外號跛腳成仔，便道歉說：

「失禮啦！我一時袂記得。」

「你毋是死矣？我猶有去佮你拈香咧。」

「講來話頭長，你敢有時間？咱揣一個所在啉兩杯再講。」空卿提議。

萬成指著不遠處一家小餐館說：「來去彼間好矣。」

萬成走路大跛，空卿小跛，都跛足的兩個人朝那間小餐館走去，兩人點了三道下酒菜，開了一瓶紅露酒。

「你來高雄偌久矣？」空卿問萬成。

「今年單來，你咧？」

「我來幾落冬矣。」

「住佇佗位？在創啥？」萬成連續問。

「你在問口供喔？猶是欲去檢舉我？」空卿半開玩笑的回說。

萬成斜挑一邊眉毛，冷哼說：「去檢舉你有啥物好處？以後敢換你檢舉我。」

空卿笑著回答：「兮是當然的，檢舉來檢舉去。」然後語氣有些感慨的說：「咱兩個人，一個住妓女戶，一個住乞食寮，人生有時陣，實在毋知欲焉怎講較好。」

「住乞食寮？你在做乞食喔？」萬成訝異的問。

「幹！你才做乞食啦！我是佇遐開飯桌仔，有漁船仔來賣海產彼邊。」空卿像年輕時說話的口吻。

「開飯桌仔？我另日來去捧場。」萬成豪爽的回說。

「也毋是酒家，捧啥物場？」空卿哼聲說，反問他：「你敢猶有佮彼個酒家女做夥？」

萬成又是眉毛一挑，不悅的說：「啥物酒家女？月嬌是我這世人上愛的查某人，阮已經結婚矣。」

「所以你才會來高雄開查某間？」空卿的神情還是有一絲輕蔑。

萬成狠狠喝下一口酒，長嘆一聲，把在北港的經歷說給空卿聽，從土地政策強制徵收，到投資天香閣因為得罪政府官員，遭人蓄意縱火，燒毀邱家三代積蓄，父親承受不住打擊意外落水亡故，從小過慣少爺生活的他，根本毫無謀生能力。

「是過去佇天香閣做走桌的阿明，因為酒家予火燒去伊嘛無頭路，來高雄投靠伊熟似的一個老大欽，伊才介紹我佮月嬌來這開查某間，佮阮兜最後的一甲地嘛賣去。」萬成的語氣帶著一股深沉的感傷。

空卿忍不住教訓萬成說：「人講僥倖趁，失德了，你原本是一個好額人的少爺，啥物頭路毋好做，欲趁彼款查某錢？」

萬成瞪著他，不高興的反駁：「我若好跤好手，敢會想欲開酒家？」

空卿不服氣的告訴他：「有閒請你來阮的乞食寮參觀看覓，世間魁跤破相的毋是干單你耳耳，有人比你較淒慘，同款會當靠勞力扑拼趁錢。」

萬成不想繼續這個話題，轉問他：「你猶袂佮我講你是焉怎假死的代誌？」

空卿喝下半杯紅露酒，語氣低沉的開口說出埋藏在內心的悲痛。

*

又到中秋節，沙仔地牛車會社的五府千歲廟，慶祝朱府千歲誕辰的日子，眾人齊心協力的籌辦這場熱鬧慶典，一早各家都端來牲禮、四果祝壽，宋江陣頭也在廟前操演了一回，剛剛才收兵休息，各自回家準備下午要犒軍的供品。

阿志帶一個女孩前往永隆家，在門口對正忙著煮犒軍拜拜食物的阿春說：

「阿春姨，這個朳囡仔講欲來揣恁。」

「阿姆！」招弟興奮的出聲喊著。

「招弟，妳哪會來？」阿春也很驚喜。

永隆在裡面聽見聲音，趕緊走出來，訝異的問她：「是誰撮妳來的？」

「我家己來的，我來高雄食頭路已經兩個月矣。」招弟笑著告訴他們，走入屋內隨意打量。

「恁去講話，我要無閒煮物件。」阿春告訴他們，逕自去忙準備供品的事。

穿著一件花洋裝，綁一條髮辮的招弟，看起來已經像一位年輕的姑娘。

「穿佮這爾媠，我差一點仔袂認得。」永隆在客廳真心誇獎她說。

招弟有些害羞的伸手拉拉裙襬，發出一串牛鈴清脆地聲音。

「妳哪會佮這粒牛鈴瓏仔掛佇手裡？這是牛在掛的。」永隆笑說。

招弟有些羞澀的回答：「我佮意焉爾掛咧，因為這是你送我的紀念。」

她跟著永隆在飯桌邊坐下，永隆詢問她：「妳是佇佗位食頭路？」

「佇一間診所，替先生娘撮兩個囝仔。」

「妳哪會有法度來高雄引頭路？」

「是阿貴個老母介紹的，伊佮先生娘有熟似，先生娘拜託伊幫忙揣一個單純的庄跤姴囝仔，聽著薪水袂歹，阮阿母就答應矣。」

永隆有聽阿貴說他父母在高雄，沒想到會因此介紹招弟來工作。

「妳佇茨幫忙攝囝仔無薪水，出來幫忙人攝囝仔會當趁錢予伊，阿嬸當然嘛會答應。」

永隆瞭解阿彩的為人，分析說。

「我甘願出來幫人攝囝仔趁錢，才毋要佇茨裡予養母苦毒，先生娘對我足好的，我穿的衫攏是伊無愛穿送我的。」招弟露出快樂又滿足的神情。

已經十二歲的她，身材不知不覺發育成亭亭玉立的少女，只有神情還是小女孩的天真。

「我攝妳來去揣玉蘭和世傳蹉跎好否？」永隆提議。

「好啊！我嘛足想個的。」招弟高興的回說。

永隆跟母親說了一聲，就騎腳踏車載招弟前往陳家住宅。

側坐在腳踏車後座的招弟，伸手摟著永隆的腰，身體自然貼著他的背，臉上浮起甜蜜的笑容。

世傳和玉蘭見到招弟十分開心，急著要帶她去二樓玩，永隆細心提醒說：

「我攝招弟來，應該要去佮媽媽講一下。」

「媽媽佇伊的書房在畫圖。」世傳說著，帶他們去敲千佳書房的門。

「入來。」千佳在裡面應聲。

永隆走進去，看著房間裡都是畫作，眼裡充滿驚奇。

「媽媽，我𤆬招弟來揣玉蘭佮世傳𨑨迌，伊是阮阿叔的囡。」永隆恭敬的向千佳報告。

千佳坐在書桌後方，正拿著水墨畫筆繪畫，聽完永隆的話後才抬起頭，用淡然的眼神看了招弟一眼，點頭說：

「好，恁去樓頂書房，我叫滿福嫂送月餅去予恁食。」

永隆凝視著她身後牆上的那幅畫，感覺奇怪的說：「這張圖干若佮另外一張足同款？」

世傳介紹說：「這幅圖是阮爸爸在生的時陣，替阮媽媽畫的，無可能會有其他同款的圖。」

永隆一臉疑惑的說：「畫法真正足相同，這張畫的是媽媽，阮兜彼張是畫阮阿母，兩人鬢邊插的花無相同。」

千佳聞言，臉色大變，像蒙上一層暗影似的。

世傳卻好奇追問：「真的？下暗我佮阿公去食拜拜的時陣，你提予我看覓。」

永隆的眼光落在書桌上的一個相框裡，他指著裡面那張世傳周歲的全家福說：

「阮兜嘛有這張相片，阮阿母講是伊的朋友。」

世傳興奮的說：「這是我度晬的相片，阮爸爸、媽媽佮我。」

「原來這個囝仔是你，阮兜彼張相片是恁爸爸抱你。」

「若焉爾講，阿母佮阮爸爸是朋友喔？」

「好矣！恁會行得出去矣！」千佳臉色難看，語氣有些激動的說。

世傳和永隆都嚇一跳，像做錯事般離開千佳的書房。

四個人上二樓書房，玉蘭小聲問說：「媽媽干若在生氣啥貨？」

「可能咱尚吵的款。」永隆只能推測說。

「招弟姊，妳哪有法度來高雄揣阮？」玉蘭歡喜的拉招弟坐在一起。

「恁彼個養母心肝有夠歹，哪會當予妳出門來高雄蹉跎？」世傳想起那次親眼目睹招弟被毒打的事，心裡還很氣憤不平。

「我是來高雄食頭路的。」招弟又說了一次自己的現況給他們聽，還得意的告訴他們：「因為先生娘有倩阿督仔來茨裡教囝仔講英語，我佇邊仔聽，嘛學會曉講足濟英語喔！」

「真的？妳講兩句仔來鼻芳一下。」永隆笑著說。

「冊是book，桌仔是table，鉛筆是pencil，水是water，窗仔是window，對否？」招弟唸了好幾個英語單字。

「有影真標準呢！」永隆稱讚說。

「焉爾妳以後就學會曉講英語矣，會當佮美國人講話。」世傳接口說。

「佮美國人講話欲創啥？」玉蘭不解的問。

「恁以後讀初中就要學英語，妳想欲做老師要學，世傳想欲做醫生嘛要學，招弟學會曉講英語，以後會當佮美國人做生理。」永隆用老成的口吻告訴他們。

滿福嫂用托盤端月餅和兩顆柚子到書房來，柚子皮上已經用刀子畫出數瓣刀紋，讓他們可以自己剝。

從來沒有吃過月餅的招弟，看得眼睛發亮說：「這是焉怎欲講是月餅？」

「妳咬一嘴試看覓。」玉蘭拿起一顆蛋黃酥給她。

招弟一咬開，就看見裡面包著一顆鹹蛋黃，她驚嘆的說：「足芳的呢！」

玉蘭微笑解釋：「焉爾有成月娘否？」

招弟露出瞭然的神情回答：「原來是焉爾才叫做月餅。」

永隆動手剝開柚子，讓柚皮變成一頂帽子戴在世傳頭上，對他說：

「庇佑你平安大漢，舊年阮阿公就是焉爾佮我講的。」

世傳也動手剝了一顆，同樣戴在永隆頭上，也跟他說同樣的話：

「庇佑你平安大漢。」

永隆又把兩頂柚帽轉戴在玉蘭和招弟頭上，同樣說：「庇佑妳平安大漢。」

四個人開心的邊吃邊玩，好一會兒，玉蘭才向招弟提議：「咱來去我的房間蹉跎。」

世傳抗議說：「是焉怎毋要做夥佇這耍就好？」

玉蘭哼聲說：「阮查某囡仔欲家己講話袂使得呢？」

世傳對著兩人離開的背影埋怨：「𪜶查某囡仔尚囉唆啦！」

玉蘭帶招弟去她的房間，兩人坐在西式的床鋪上，看著那座有鏡子的妝檯，招弟羨慕說：「玉蘭，妳實在足好命的，雖然無親人疼惜，毋閣妳是陳家未來的少奶奶，佮阮這款散赤囝仔過的生活就是無同。」

玉蘭紅著臉抗議：「招弟姊啊！連妳也欲焉爾恥笑我呢？」

招弟不解的問：「我哪有恥笑妳？妳佮世傳自細漢就是指腹為婚的翁某，敢毋是？」

「我毋要聽人一直講這種話啦！」玉蘭抗拒說，還反擊招弟：「妳若毋講妳和永隆兄以後也是翁某？」

「阮毋是啦！」招弟紅著臉否認。

「人攏講妳是伊的新婦仔，以後恁兩個會送做堆。」玉蘭故意提起永隆的玩伴阿貴說過的話。

「妳莫聽人胡白講，是妳佮世傳以後才會送做堆啦！閣會生一堆囝。」招弟也故意取笑玉蘭。

「妳才會佮永隆兄生一堆囝啦！我看生一打好矣！」

兩個女孩互相推打笑鬧著，一起撲倒在床上翻滾，招弟手上的牛鈴叮噹響。

玉蘭停下動作，好奇的看著招弟手腕上，那顆用紅繩繫著的牛鈴問：

「妳哪會佮牛鈴瓏仔掛佇手裡？」

招弟也微笑看著那顆牛鈴說：「這是永隆兄欲離開庄跤的時陣，送予我做紀念的。」

玉蘭輕哼一聲，趁機消遣她：「明明就在佮意永隆兄，閣假仙。」

招弟兩手在玉蘭身上亂搔她癢，嘴上不饒人的嚷著：「妳閣講！妳閣講！」

「好矣！我毋敢矣！我毋敢矣！」玉蘭笑得滿床打滾。

*

傍晚進丁回家，打算帶世傳和玉蘭去沙仔地牛車會社吃拜拜，千佳卻嚴厲的對公公說：

「世傳佮玉蘭攏袂使去，欲去你家己去就好。」

早已迫不及待等在客廳的世傳一聽，馬上大聲抗議：「是焉怎袂使去？毋是早就講好矣？」

千佳壓抑著怒火，冷冷的回答：「我講袂使去就袂使去。」

「媽媽妳哪會這爾無講道理？我欲去啦！我欲去啦！」世傳委屈的哭鬧起來。

玉蘭嚇得不敢出聲。

「敢有啥物理由？」進丁試著瞭解。

「無啥物理由。」千佳看了兩個孩子一眼，擺明是有不能在他們面前說的理由。

世傳哭得更大聲，千佳便威脅他說：「你若無聽話，以後連永隆都袂使得來咱兜。」

世傳用憤怒的神情看著千佳，收起哭鬧，卻耍性子的跑上樓去，玉蘭也只好默默跟著上樓。

等孩子們離開後，進丁才低聲問說：「到底是發生啥物代誌？」

千佳這才說出早上孩子們在她書房裡的那番談話，她既憤怒又惶恐不安的說：

「博文竟然也有替阿春畫一張圖，閣送伊一張相片，囝仔若一直問落去，阿春毋是要佮祕密攏講出來？」

「袂啦！伊若欲講早就講矣。」進丁還是相信阿春會信守承諾。

千佳不滿的反問：「焉爾伊是欲焉怎解說彼張圖佮相片的代誌？」

「我來去問伊看覓，妳先莫生氣。」進丁安撫說。

千佳不容分說表示：「我以後袂閣同意予世傳去沙仔地佮個相揣，尚好叫伊離世傳較遠咧！」

「妳叫滿福嫂煮飯予囝仔食，我來去揣阿春講話一下。」進丁交代媳婦，無奈的出門。

當晚，世傳賭氣不肯下樓吃飯，千佳也不讓滿福嫂送飯去房間給他吃。

進丁去到牛車會社，永隆不見世傳和玉蘭同來，失望的問說：

「世傳個哪會無來？」

進丁只好編了一個理由：「個佇茨陪個媽媽過中秋節。」

阿春忙著和其他主婦們料理拜拜的供品給大家吃，上完菜後，進丁才找機會和她走到一個遠離眾人的角落說話，把今天發生的事說給她聽，然後問她：

「妳有啥物扑算？」

阿春紅著眼眶回答：「我早就答應這世人袂佮世傳相認，當然就袂佮伊講任何會揭穿祕密的代誌，如果少奶奶伊猶是毋肯信任我，我嘛無法度。」

她的神情充滿無奈，她雖然能理解千佳的心情，難免還是會感到委屈。

進丁勸她：「最近猶是較莫予永隆來阮兜，較免予阮新婦有心理壓力，過一陣仔再講。」

阿春點點頭，兩行淚水滑落臉頰。

九

世傳和千佳兩母子一直賭氣僵持著，原本早上會和玉蘭一起吃完早餐，再同時出門上學的世傳，隔天一早就換好制服揹著書包獨自去學校，高年級一星期有四天讀全天要帶便當，玉蘭替他帶去學校他也不要，下午放學回家直接就把自己關在房間，連晚餐都不肯下樓吃。

滿福嫂只好勸說千佳：「少奶奶，伊自昨暗開始就無食，到單已經一工外矣，囝仔人身體焉爾哪會堪得？我捧飯菜去房間予伊食好否？」

千佳不說話，逕自埋頭吃飯。

不說話就是默許的意思，進丁用眼神示意滿福嫂準備飯菜，但片刻後，滿福嫂又分毫未動的端下來。

她搖頭嘆氣說：「毋捌看過囝仔人固執佮這種程度的。」

進丁捨不得孫子挨餓，親自端飯菜再去勸說：「世傳，聽阿公的話，莫閣佮恁媽媽激氣矣，你加減食一寡好否？」

世傳躺在床上，用被子蒙住頭，在裡面默默流淚。已經讀小學六年級的男生，開始有少年人的倔強脾氣，像隻小公羊一樣，非衝撞出一條路不可。

「世傳，你真正欲焉爾予阿公煩惱呢？」進丁語氣沉重的問。

世傳橫了心，就是不回應，他感到滿腔的委屈、憤怒無處發洩，只能用這種折磨自己的方法去表達。

進丁嘆了一口氣，把飯菜放在他床邊的桌上，希望他肚子餓得受不了時，會放棄堅持。

見到進丁空手下來，千佳眼裡浮現一抹寬心，探詢說：「肯食矣呢？」

進丁無奈搖頭，回說：「猶是毋睬我，我佮飯菜囥佇伊的桌頂，看伊肯家己起來食否？」

千佳心裡明明也捨不得，卻生氣的斥責說：「才幾歲耳耳，這陣若管無法，以後毋就要爬上天？張毋食飯，欲張就予伊張，我才看伊會當枵若久？」

進丁看著媳婦怒氣沖沖的神情，與不輸世傳的固執，還是只能搖頭嘆氣。

第二天早晨，世傳照樣沒吃早餐就出門，已經餓了幾餐的他，走起路來有氣無力的，看到路邊有人在賣包子，就從書包裡拿出零用錢買了一個，默默的邊走邊啃。

玉蘭也提早出門，偷偷跑去沙仔地找永隆，半路上就遇見正要去上學的他，永隆訝異的問她：

「玉蘭，妳來這欲創啥？」

「永隆兄，世傳佮媽媽在激氣，已經幾落頓攏毋食飯矣，我想欲拜託你去勸伊一下。」玉蘭急切的說。

「好，我佮妳來去。」永隆立刻答應，跟玉蘭往鹽埕國小走。

路上他問了一些這兩天的情況，瞭解發生的原因，很無奈的說：

「毋知個大人中間有發生啥物代誌？阮阿母也是佮我講，叫我最近較莫去揣恁咧，我想欲知也原因，阮阿母嘛毋肯講。」

「世傳愈焉爾佮媽媽激氣，只是會予阮媽媽閣較生氣耳耳，恐驚以後會愈無要予恁見面。」玉蘭擔憂說。

永隆在校門外等，玉蘭去世傳的班級叫他出去和永隆見面，聽說永隆來找他，世傳飛奔到校門口。

「阿兄！你哪會來？」世傳激動的喘著氣。

永隆拍拍他的背，疼惜的叨唸：「走這爾劤欲創啥？若跋倒受傷欲焉怎？」

世傳突然感到一陣悲從中來，放聲痛哭說：「阿兄！我毋知也阮媽媽是焉怎毋准我去沙仔地？咱也無做啥物毋對的代誌啊？」

「伊可能是要你全心讀冊，你今嘛已經六年的矣，無偌久就要升學考試，我嘛是啊！」永隆善意解釋千佳的行為。

世傳不服氣的反駁：「可是我的成績一直攏足好，無退步啊？」

「欲應付考試，總是要更加認真才對，咱以後欲見面有的是時間，你毋倘佮媽媽繼續激氣矣，知否？」永隆勸說。

世傳不語，神情抑鬱的垂視著地面。

「聽講你攏毋食飯，這個便當予你提去食，下晝放學我再來提便當盒仔。」永隆從書包裡拿出一個布包的便當盒給他。

「焉爾你中晝欲食啥？」世傳不肯接受。

永隆硬塞入他手中，命令他說：「你已經枵赫爾濟頓，我替你枵一頓哪有要緊，聽阿兄的話，毋使得閣毋食飯矣。」

這天中午，世傳打開永隆讓給他的便當，裡面只有簡單的一顆煎蛋、一塊醬瓜、兩樣炒菜，與平常滿福嫂給他做的便當，菜色真的天差地別，但他卻吃得特別香甜，因為他在裡面吃到滿滿的愛。

一九五七年升學聯考放榜，永隆如願考上高雄中學，世傳和玉蘭都被鹽埕初中錄取，能就近上下學。

自從去年中秋節千佳不准世傳再去沙仔地，母子兩人賭氣幾天後，世傳學會對母親說謊，正確說是鑽漏洞，她只說不准去沙仔地，可沒說不准去大溝頂。所以只要永隆會去大溝頂幫忙母親做生意的時候，世傳就會編造理由出門，像男女偷偷約會似的，去大溝頂的生意攤見面，有時他還會幫忙洗碗，讓寶貴姨看得不由讚嘆說：

「閣親兄弟的感情嘛是差不多焉爾耳耳。」

阿春曾私下問世傳：「恁媽媽敢知也恁來這？」

「毋知較無代誌。」世傳無奈回答。

玉蘭和他一起出來像在掩護他一樣，兩人一起隱瞞千佳，有時說要出去買東西，有時說要去學校參加課外活動，有時說要去找同學玩，千佳彷彿也有所察覺，只是不想說破罷了。

世傳和玉蘭同時被班上推選參加合唱團，上初中後就像有條分水嶺，讓兩人間的關係有些尷尬，世傳曾私下警告玉蘭：

「我佮妳講喔！妳袂使予學校的同學知也咱兩個人的關係喔！」因為世傳用的是警告的語氣，玉蘭也沒好氣的反問：「咱兩個是啥物關係？」

「就是……就是……就是彼種關係啦！妳袂使得講予別人知。」世傳漲紅著臉說。

玉蘭冷冷的看著他回答：「你當作我足愛講予人知呢？」

「橫直妳袂使講出來就對矣。」世傳強調。

為了不讓同學發現他們住在一起問東問西，世傳開始不和玉蘭同時出門上學，兩人總是刻意分開，離得遠遠的。但是鴨卵較密也有縫，也許是兩班的同學，或合唱團裡面的團員中，有家長不知從哪裡聽來然後說給孩子聽，或者消息直接從國小傳到國中，才幾個月時間，他們從小訂婚的事已經是公開的祕密，甚至成為同學捉弄他們的笑柄，這讓世傳十分生氣，指責玉蘭說：

「一定是恁查某囡仔私底下厚話講出來的，若無哪有人會知？」

玉蘭委屈得泫然欲泣，生氣回說：「你哪毋講是恁查埔的愛膨風講的？你驚人笑，我比你閣較驚，我要予人講猶袂嫁就佮你住做夥，講咱兩個……咱兩個……。」玉蘭困窘的說不下去。

「講咱兩個焉怎？」世傳偏要打破沙鍋問到底。

玉蘭只好難堪的說：「講咱兩個暗時敢有牽手、相唚。」

世傳臉紅得像柿子一樣，哼了一聲，神情不自在的轉身走開。

因為必須共用書房，每天放學回來，兩人還是得共處一室，一起寫作業，一起複習功課，而玉蘭的成績又比世傳好一些，偶而不懂的還是要問玉蘭，這讓兩個人的關係有些緊張敏感。

*

永隆上學每天都要騎腳踏車從五福路橋過去愛河對岸，沿河堤騎到建國路右轉，經過乞食寮、五塊厝的慈愛醫院，再騎幾分鐘就到學校。

高雄中學是自日治時代以來，南部首屈一指的學府，二二八事件時學生曾自發性組織「雄中自衛隊」，除了維護學校安全外，也接納保護受波及的外省人，國民政府開始進行武力鎮壓時，更成為炮火攻擊的目標。

「自強不息」是高雄中學的校訓，學生以「實事求是，精益求精」為精神象徵，一年級新生最先要學會的是唱校歌：

台灣良港，首數高雄，巍峨黌舍，是我雄中。
英才齊集，迎受春風，禮義廉恥，是所遵從。
山河光復，先烈之功，建設祖國，我須效忠。
服膺民主，矢志大同，願我同學，為民前鋒。
自強不息，前途無窮。

永隆對於自己能成為高雄中學的學生深感驕傲，他知道自己又朝理想邁進一步，想要成為一名救助貧苦的醫生，這個心願一直堅定不移，因為知道不容易，所以他總是孜孜不倦的在學習，因為家境不富裕，他更能體會母親與祖父的辛勞，所以他的腳踏車後座總是載著一個麻布袋，裡面放著割草用的鐮刀和麻繩，放學經過愛河河床邊的草坡，或看見農田正在採收玉米、番薯、甘蔗，他會順便幫忙準備牛欸每天要吃的草料，以減輕祖父的工作負擔。

阿春在大溝頂擺攤做小吃生意，攤名叫「水蛙發仔四腳仔羹」，也賣現炒田螺，永隆看她從早忙到晚真的很辛苦，全靠舅舅阿發四處釣青蛙、摸田螺讓她做成美味的料理，舅舅也是一心期望他出人頭地的親人，所以他謹遵「自強不息」的校訓，如果不是在幫忙工作，就是在讀書，偶而招弟放假來看他們，想約他出去看電影或逛街，他一次也沒答應，總是叫她去找玉蘭和世傳陪她玩，他知道如果他想考上醫學院，高中三年的時間就一點也不能浪費。

一九五八年春天，世傳和玉蘭初中一年級下學期，因為學校要為三年級舉行畢業典禮，將安排合唱團在畢業典禮上唱驪歌，所以每天放學前一節課，所有合唱團員都要到練唱教室集合。

初中一年級的學生個個都是情竇初開的少男少女，玩笑起鬨是家常便飯，這天世傳和幾個男同學先到達練唱教室，玉蘭和幾個女同學姍姍來遲，因為玉蘭對所有男生態度總是冷冰冰的，男學生就越愛鬧她。

「陳世傳，恁某來矣。」有位男同學推了世傳一把，故意大聲說。

世傳惱怒駁斥：「誰是阮某？你莫胡白講喔！」

那位學生仍白目的回問說：「邱玉蘭毋是恁某呢？」

另一位男學生接口說：「阮阿嬤講俩兩個人自猶袂出世就指腹為婚，以後一定會做翁某。」

世傳生氣罵說：「恁阿嬤是長舌婦啦！愛四界胡白講。」

那位白目學生繼續說：「阮隔壁就有一個娶新婦仔做某的，個兩個人自細漢到大漢攏睏做夥，恁兩個敢有焉爾？」

旁邊的所有男同學聽到這種事，全興奮歡呼起來。

世傳用力將白目男同學推倒在地，憤怒大吼：「你閣亂講話，我就毋放你煞！」

帶領合唱團的是一位中年外省女老師，她抱著樂譜手拿藤條來到教室門口，見到裡面吵鬧的情況怒喝：

「都在幹什麼？打架嗎？」

一直忍受嘲笑的玉蘭，突然開口告狀說：「老師，他們講方言。」

女老師神情嚴厲的走入教室，將手上的樂譜擺在風琴上，拿藤條指著她前方地面說：

「誰講方言的？站出來！」

包括世傳在內的幾個男生你看我，我看你，全低頭走到老師面前排隊。

女老師冷冷的說：「每個人打三下警告，以後不准再講方言，一定要說國語。」

男生們依序伸手領受三下結實的藤條抽打，轉身離開時都對玉蘭投以氣憤的眼神。

「大家按照位置排隊站好，我們開始練唱，要表演的驪歌一共有兩首，先唱〈青青校樹〉，再唱〈友誼萬歲〉。」

女老師坐在風琴前面，彈奏起〈青青校樹〉的旋律，合唱團員開口唱出歌詞：

青青校樹，萋萋庭草，欣霑化雨如膏。
筆硯相親，晨昏歡笑，奈何離別今朝。
世路多岐，人海遼闊，揚帆待發清曉。
誨我諄諄，南針在抱，仰瞻師道山高。

唱完三段不同歌詞，女老師又彈奏另一首〈友誼萬歲〉的旋律，合唱團員都背熟歌詞：

驪歌初動，離情轆轆，驚惜韶光匆促。
毋忘所訓，謹遵所囑，從今知行彌篤。
更願諸君，矢勤矢勇，指戈長白山麓。
去矣男兒，切莫踟躕，矢志復興民族。

練完驪歌後，女老師邊翻樂譜邊說：「我們再來練習〈長城謠〉好了。」

〈長城謠〉的曲調一出，合唱團員又整齊唱出充滿國仇家恨的歌詞：

萬里長城萬里長，長城外面是故鄉，
高粱肥，大豆香，遍地黃金少災殃。
自從大難平地起，姦淫擄掠苦難當，
苦難當，奔他方，骨肉離散父母喪。
沒齒難忘仇和恨，日夜只想回故鄉，
大家拼命打回去，哪怕賊虜逞豪強。
萬里長城萬里長，長城外面是故鄉，
四萬萬同胞心一樣，新的長城萬里長。

在練唱的過程中，分站兩旁的世傳和玉蘭，偶有眼神交會，立刻又不自在的避開，少男少女的彆扭心情，就像這春天多變的天氣。

*

阿春趕在出門做生意前，蹲在水井邊洗被單，沙仔地牛車會社上午因為大家都出門去運貨，顯得有些冷清與安靜。

一位身穿唐衫的老算命仙戴著墨鏡，搖著籤筒從遠處緩緩走來，邊揚聲唱唸著：「抽靈籤，卜聖卦，卜卦兼算命，抽靈籤，卜聖卦，卜卦兼算命。」

算命仙走近阿春，她不經意抬頭與他打了一個照面，他立刻抓準時機開口問說：「這位歐桑，敢欲算一下命，卜一個卦？」

阿春微笑搖頭拒絕，繼續洗水盆裡的被單。

算命仙遊說她：「歐桑，我看妳的面相，無法度佚翁，干偌會當佚囝，若無，替囝算一下命妳想爲怎？」

阿春愣了一下，反問：「你哪會知也我無翁倘佚？」

算命仙指著阿春臉上兩邊的顴骨說：「妳這兩塊骨頭尚懸，下頦尚尖，命一定真硬。」

阿春想到自己的命運，嘆口氣說：「落土時，八字命，註好好咧，算命有啥物路用？」

算命仙不以為然的說：「會算命就會當改變命運啊！若知也有劫數，就會當事先預防，逢凶化吉。」

聽他這樣說，阿春有些心動起來，但生性節儉的她，想到要多花錢便有些猶豫。

「妳有幾個囝？我半賣半相送啦！開一個錢，算兩個命，焉爾好否？」算命仙乾脆的說。

她想著為孩子算命若能逢凶化吉，也是好事，便答應說：「好啦！來阮兜坐。」

她把被單先放著，領算命仙去家裡坐，倒杯水給他，把兩個孩子的生辰八字說給他批命盤，只見他邊掐指算著邊喃喃自語：

「子丑寅卯，木蝨蛇蚤，辰巳午未，芭樂紅柿。」

阿春困惑的問：「啥物木蝨蛇蚤？」

算命仙咧嘴一笑：「無啦！講耍笑啦！」

經過十幾分鐘推算，他寫好兩張四柱八字的命盤，看了又看，有些欲言又止的模樣，阿春急著問：「焉怎？敢有啥物問題？」

算命仙比對兩張命盤，沉吟著說：「大漢的這個真敖讀冊，若好好栽培，以後一定會有出脫，對妳嘛會真友孝，一世人守本份，好積德，是財子壽齊全的命格，毋閣細漢的這個就……。」

他沒有說出下文，讓阿春急著追問：「細漢的這個焉怎？」

「妳這個細漢囝的命格雖然也是袂歹，毋閣命中有劫數，佇今年要特別注意。」算命仙神情凝重的提醒。

阿春憂心忡忡的問：「啥物款的劫數？」

算命仙一副為難的模樣回答：「我袂行得講，因為破天機是有罪的。」

阿春急切懇求：「仙欸，我袂失你的禮，請你直破啦！」

算命仙深深的看著阿春，緩緩說：「這個囝仔命中有水關，今年閣犯太歲，恐驚……。」

他語帶保留的觀察著阿春臉色，只見阿春憂急如焚的紅了眼眶。

「仙欸，請你救阮囝一命，欲焉怎才會當破解？」她哀求著問。

算命仙沉吟了許久，見阿春已深信不疑，才語氣凝重的回說：

「辦法是有，我會當畫一張保命符予伊躕跕身軀，伊就會行得消災改厄，毋閣我焉爾做會觸犯天條……。」

阿春立刻表示：「仙欸，你畫保命符予我啦！看要開偌濟錢攏無要緊。」

算命仙勉為其難的說：「看佇妳這個老母這爾關心囝的面子上，就算妳焉爾就好。」他伸出兩根手指。

「二十塊呢？」阿春問。

算命仙搖搖頭。

阿春嚇了一跳的試著問：「你是講兩百塊？」

算命仙肯定的說：「這是救恁囝一命的代價。」

阿春考慮一下後，還是同意說：「好啦！你趕緊畫，我入來提錢予你。」

算命仙拿出一張小黃紙，在上面畫了一道符籙，還慎重的蓋上紅色朱砂印章，裝進一只綁著紅繩的小紅布袋裡，交給阿春說：

「叫伊今年一年一定要隨時掛咧，袂使得提落來，若無一定會出事。」

阿春猶如即將滅頂的人緊緊抓住一根浮木般，將那個香囊緊握在手掌心，盤算該如何才能讓世傳戴著？

她在下午空閒時間，把攤子交給阿淑顧著，她匆匆趕去鹽埕初中，站在校門外等了很久，最後才終於等到他們合唱團員練唱結束走出校門，阿春看見玉蘭和世傳便急著招呼他們過來，兩人都很訝異會在校門口看見阿春。

「阿母，妳哪會來這？」世傳開口問說。

沒過多久，有一天千佳來書房檢查他們的功課時，發現世傳脖子上掛的香火袋，詢問他說：

「這是啥物？」

世傳沒多想的直接回答：「是阿母送我的香火袋仔。」

千佳厲聲命令：「提落來！」

世傳遲疑著說：「是焉怎要提落來？阿母講這是足重要的保命符呢，要掛咧袂使得提落來。」

這些話讓千佳聽了更生氣，大聲責罵他：「你哪會這爾憨？人畫一張符仔叫你掛你就掛，毋驚予人佮你落符仔？」

「伊是我的老母，哪有可能會落符仔害我？」世傳傻傻的反駁。

千佳臉色變得很難看，近乎情緒失控的質問：「誰講伊是你的老母？誰講的？」

世傳和玉蘭都被千佳的激烈反應嚇得有些驚慌失措，互相交換一個不安的眼神。

世傳囁嚅的回答：「永隆兄的老母就是我的老母啊！」

玉蘭怯怯的開口說：「聽講阿姨開兩百塊倩算命仙畫的。」

千佳動作粗暴的伸手將那個香火袋從世傳脖子上取下來，警告他說：

「以後袂使得予伊佇你的身軀頂掛啥物件，若予我發現，我一定會處罰你。」

千佳將那個香火袋緊捏在手掌心中，氣憤難平的走下樓，走往廚房，將香火袋直接投入正在煮湯的煤球爐中，不一會兒就化成灰燼。

越接近學期末氣候越炎熱，星期六讀半天，為了畢業典禮的表演，合唱團學生練習到全校都放學了，他們才解散從教室走出來，來到學校玄關，有一位男學生開口邀請世傳說：

「下畫大家約欲去西仔灣耍水，你敢欲做夥去？」

世傳還在猶豫不決，玉蘭已經忍不住開口替他回答：「伊袂使得去耍水。」

那位男同學立刻消遣他們說：「陳世傳，恁某真敖管喔？」

另外一個男學生隨即接口：「聽某喙，大富貴。」

玉蘭氣急敗壞的告訴他們：「恁莫胡白講，是大人毋准伊出去耍水。」

有人嘻笑著接口：「誰的序大人會答應予囝仔去耍水？大家攏嘛是偷走去的。」

「陳世傳，欲去毋去？一句話啦！」最早開口邀他的那位同學嗆說。

世傳用責怪的眼神看了玉蘭一眼，問他們說：「恁約幾點欲去？」

那位男同學簡短的回說：「大家返去騎腳踏車出門，兩點佇渡船頭相等。」

大家走出校門，各自往不同的回家道路走，世傳因為心裡有氣，走得又快又急，玉蘭只能追在他身後勸阻：

「你哪會使得這爾毋聽話？自細漢阿公佮媽媽就一直交代你袂使得去耍水，無偌久近前，永隆兄的阿母嘛講你有厄運，才買符仔欲予你掛，焉爾你閣硬欲去？我欲佮阿公佮媽媽講。」

世傳停下腳步，滿面怒容的瞪著她，警告說：「妳若敢去做抓耙仔，我就予妳好看。」

玉蘭欲言又止，最終還是無奈的閉嘴不語。

回到家後，進丁和千佳都已經吃飽飯準備午休，兩人先去飯廳吃午飯，之後各自上樓，世傳換下制服，帶了一點零用錢又悄悄下樓，張望四周確定沒人，才躡手躡腳的偷偷去牽出腳踏車，開門準備溜走。

不知何時已等在門外的玉蘭，繼續勸說：「你莫做會予大人擔心的代誌啦！」

世傳怒斥：「妳莫管我！」

「若無咱來去揣永隆兄蹉跎，好否？」玉蘭提議。

世傳神情有一絲無奈：「媽媽無佮意我佮永隆兄佪做夥。」然後堅持說：「我佮佪大家約好矣，無去我會予佪笑，阿公佮媽媽若有問妳，妳就講我去同學佪兜蹉跎。」

世傳說完，騎上腳踏車離開，玉蘭以憂急的心情目送他，不知該如何是好？

玉蘭回到房間坐立不安，想到那次阿春特地買保命符來學校給世傳的事，決定去大溝頂找阿春幫忙。

阿春一聽，馬上擔憂的責備說：「這個囝仔哪會赫爾毋聽話？」

玉蘭六神無主的問阿春：「今嘛咱是欲焉怎？」

阿春想了想，告訴她說：「我看妳去阮兜走一逝，叫永隆去佮伊撮返來。」

玉蘭立刻又騎上腳踏車，去沙仔地牛車會社找永隆，但他卻不在家，她只好一直在牛椆邊等待，直到接近黃昏，才見他擔著兩擔番薯藤回來。

「永隆兄！我已經等你足久的。」玉蘭焦急萬分的趕緊驅前說。

永隆滿身大汗，先將番薯藤擔進牛車棚，堆放牛飼料的地方放妥，才訝異的問說：

「是有啥物代誌？」

「世傳佮幾個同學偷走去西仔灣耍水，我毋敢佮阿公個講，去大溝頂揣阿姨，伊叫我來揣你，叫你去西仔灣佮伊撮返來。」

永隆答應說：「好，妳免煩惱，我這陣就來去揣伊，妳返去茨裡等就好。」

玉蘭返回家中走進客廳，見到進丁和金火正在客廳裡核對帳目，千佳也坐在一旁看著，她有點心虛的向大家問候後，就急著想上樓去。

「妳拄才是出去佗位？」千佳出聲問。

玉蘭停下腳，像做錯事般垂著頭，怯怯的回答：「無去佗位，出去行行咧耳耳。」

「世傳呢？伊無佮妳出去？」千佳追問。

「伊……伊……。」玉蘭心慌意亂的不知該如何回答。

千佳露出疑惑的神情，大聲質問：「伊是焉怎？」

玉蘭嚇得臉色蒼白，驚慌不安的抓著自己的裙襬，說不出話來。

進丁和金火同時轉頭看她們，注意到玉蘭神色不對，進丁開口關心詢問：

「世傳是去佗位？」

玉蘭不敢說謊，只好老實回答：「伊佮同學去西仔灣耍水，叫我袂使講，所以我去揣永隆兄，叫伊去佮伊撮返來。」

千佳聞言，立刻責罵她：「妳知也伊欲去耍水，是焉怎毋免佮伊阻擋？」

玉蘭委屈落淚，替自己辯解：「我有阻擋伊，可是伊就毋聽我的話，我有啥物辦法？」

進丁吩咐金火說：「你叫阿興準備三輪車，我來去西仔灣看覓。」

千佳立刻說：「多桑，我佮你做夥去，這個囝仔真正愈來愈毋是款，無好好教示一下袂使得。」

世傳和一個同學在沙灘上挖城堡，海水不時湧入他們挖的溝渠中，另兩人脫得只剩一條四角內褲，站在及膝的海水裡互相推搡著，看誰會失去重心被推倒，輸的人慘坐在海水裡，贏的人則發出一陣得意的大笑。

和他在一起挖沙堡的同學，抬頭看那兩個在海水裡玩得很開心的同學，邀世傳說：

「咱佇這足熱的，來去佮個做夥耍水好矣。」

世傳有所顧慮的說：「耍水衫會湛去，返去會予大人發現。」

這個同學慫恿說：「咱佮外衫褪落來，穿一領內褲落去，這種天赫爾熱，返去到茨內褲也已經凋矣。」

被太陽曬得滿身大汗的世傳，敵不過清涼海水的召喚，便和那個同學一起脫衣服下海，四個男生在海裡的淺灘上互相潑水追逐，在夕陽的光輝中推搡歡鬧著，不知道大海潛藏的凶險，漲潮來勢洶洶，一個大浪襲捲而來，順勢將他們帶往踩不到底的深海中。

阿發騎著摩托車，載一籠剛釣回來的青蛙去大溝頂的攤位交給姊姊，阿春神情憂慮的告訴他：

「世傳偷走去西仔灣耍水，永隆欲去揣伊返來，毋知揣有猶無？」

阿發隨即回說：「我騎歐都拜來去看覓好矣。」

阿淑想起那次約會去西子灣的事，嘴邊露出一抹甜蜜的笑意，含情脈脈的瞅了阿發一眼，阿發彷彿與她心意相通似，也轉望著她，兩人交換一個瞭然的眼神微笑著。

在情人面前，阿發格外帥氣的跨上摩托車揚長而去。

阿春目送弟弟離開，內心掛念著世傳的安危。

永隆急踩腳踏車趕往西子灣，繞過哈瑪星漁港，沿著海岸線尋找世傳的蹤跡，才在路旁發現幾輛腳踏車，就見到一個學生驚慌的跑過來呼救：

「救命喔！阮同學予海水捲去矣！」

永隆丟下腳踏車，不忘交代那位同學：「緊去揣人報警。」

他快速跑向海灘，海浪一波一波湧上來，一個男學生站在那裡焦急呼喊：

「世傳——阿明——。」

永隆看見海面上有兩個人載浮載沉的拍水掙扎，他脫下衣服奮不顧身的衝入海中，朝他們盡速游過去，可是不論他怎麼努力游著，好像有些靠近了，卻又見他們被海浪推得更遠。

他雖然跟阿發舅舅學會游泳，但泳技其實還很笨拙，吃了幾口水後，體力漸失，就在他即將滅頂之際，被一隻手從腋下撐浮出水面，阿發神情嚴肅的臉龐出現在他眼前。

「阿舅！世傳伊——。」永隆焦急的開口。

「你先返去岸頂。」阿發不由分說，將他帶往踩得到地的淺灘，轉身又往海裡游去。

他走上沙灘，和那個站在沙灘上不知所措的同學站在一起，極目尋找世傳的身影，只見阿發朝海面上一個還在掙扎的人影游過去，另一人已不見蹤跡。

進丁和千佳坐三輪車趕抵西子灣海岸，一輛軍用吉普車急馳而過，兩人臉上都露出一絲不安的神色。

阿興又騎了片刻，遠遠看見那輛吉普車正停在路邊，沙灘上聚集一撮人在商討什麼？阿興有些緊張的開口說：

「頭家，頭前干若有發生啥物代誌呢？」

進丁神情凝重的交代：「你就停踮佃的後壁，我落去看覓。」

阿興依言把三輪車停下來，進丁隨即匆匆下車，朝沙灘上走。

三個少年面對夕陽已西沉的幽暗大海，跪坐在沙灘上哭泣，兩個穿綠色軍服的阿兵哥，其中一位正以無線電呼叫海上的巡邏艇：

「中興一號，請到西子灣海域，有三個人被海浪捲走，請求支援。」

進丁慌亂的詢問：「是誰予海湧捲去？」

永隆聞聲站起來，面對進丁哭著回答：「阿公，是世傳予海湧捲去，阮阿舅泅去欲救伊，兩個攏無看著人矣。」

進丁聽完永隆的話，差點站不住腳，旁邊的阿興趕緊伸手扶住他，而千佳則一臉慘白的愣在當場。

「我的金孫，世傳，你千萬袂使出代誌，陳家的祖公祖嬤，恁要保庇伊平安無事……」進丁朝著海面喃喃祈禱。

一位阿兵哥知道他是家屬，安慰說：「已經有附近的漁船在幫忙湊揣矣，希望會當趕緊揣著人。」

進丁仔細一看，果然有幾艘舢舨靠近這個海面，又來幾個漁民向阿兵哥詢問狀況。

進丁焦急請求：「拜託咧！趕緊佮我湊揣我的金孫，我一定會好好答謝恁。」

漁民們聞言，將停在沙灘上的竹筏推往海裡，加入搜救的行列。

金火騎摩托車趕來，到達現場才知情況嚴重，進丁憂心如焚的不斷拭淚，千佳面色如槁木死灰，神情呆滯恍惚的望著海面。

夜幕低垂，海浪翻湧，陣陣海風在耳畔呼嘯。

阿興指著遠方海面興奮的喊著：「干若有救著一個起來矣。」

進丁、千佳和永隆都充滿希望等待竹筏靠近，兩個漁民合力抬上來一個少年，大家全衝上去探看。

兩個漁民將他抬到乾燥的沙灘上放好，直接告訴出面處理的海防軍人：

「是阿明！」世傳的同學大聲說。

「已經無救矣。」

雖然不是世傳，千佳還是痛哭失聲。

「世傳——你趕緊返來！你趕緊返來！」

「阮阿舅去救伊矣，個一定會平安返來的。」永隆堅定的說，說給進丁和千佳聽，也說給自己聽。

隨著天色漸暗，大家的神情愈顯凝重，有一位漁民擔心說：

「天欲暗矣，若無趕緊揣著人，予海水流位外海去就害矣，恁尚好趕緊去揣兩粒小玉仔西瓜，佇頂面寫個兩人的名擲落海裡，會較緊揣著人。」

金火馬上應允，騎著摩托車去附近哈馬星買來兩粒小玉西瓜，用小刀刮皮寫上兩個人的名字，交給漁民帶去海上投擲，不到一刻鐘，就打撈到兩人的屍體，拖上來時還緊緊的抱在一起。

十

阿春自從阿發趕去西子灣尋找世傳後，一顆心就像懸在半空中一樣，越晚越忐忑不安，不知道為什麼去這麼久還毫無消息。

晚餐時間大溝頂生意陸續上市，燈亮了以後，也是夜市開始熱鬧之時，阿春掌杓舀著一碗一碗青蛙羹，一大鍋羹湯上方的鐵架，擺滿炸好的一隻隻青蛙，另一個煤球爐專門熱炒田螺，滋味酸甜加上九層塔熱炒，香氣迷人。

金火突然出現在攤位前讓阿春十分意外，她禮貌招呼說：「金火叔仔，你食晚頓未？我請你食一碗四腳仔羹好否？」

金火神情凝重的看著阿春，考慮著該如何開口比較好，但實在不忍心直接告訴她噩耗，便婉轉的對她說：

「阿春，妳隨我來去一個所在一下。」

阿春看著幾桌正在用餐的客人，還有正熱鬧的大溝頂夜市，為難的回說：

「金火叔仔，我在做生理走袂開跤呢！你有啥物重要的代誌？」

金火用一種堅持的語氣告訴她：「生理交代予妳的助手做，妳猶是佮我來去較好。」

阿春看著金火的神情從困惑轉變成惶恐，她顫抖著聲音追問：

「是毋是發生啥物代誌？」

金火的眼神透露出一股哀傷，還是重複那句：「妳綴我來去再講。」

阿春將裝著零錢的圍裙脫下來交給阿淑說：「擔予妳顧，我出去一下。」又拜託隔壁寶貴：「伊若無閒袂去，再佮湊跤手一下。」

阿淑和寶貴雖然感覺異常，還是接下阿春的請託。

阿春跟著金火坐上他的摩托車，看他往西子灣的方向騎，內心不祥的預感逐漸強烈起來，她忍不住在後座追問：

「金火叔仔，敢是世傳出啥物代誌？」

金火沉默不語，繼續往西子灣騎，在去大溝頂之前，他已經前往牛車會社通知土水，請土水駕駛牛車去載運阿發和世傳兩人的遺體回來，他和土水也商量好，就選在牛車會社旁邊僻靜的荒地上搭靈堂為兩人辦喪事，因為橫死在外的人不能進家門。土水隨即去拜託牛車會社裡的幾個鄰居幫忙張羅。

阿春的心已經像壓著一顆巨石，沉重得有些喘不過氣，她默默向上天及所有神佛祈禱，希望世傳能逢凶化吉，他是陳家的希望，也是她心頭上的一塊肉。

金火才將摩托車停在海岸邊，阿春就認出阿發的車也停在這裡，還有永隆的腳踏車，前方幽暗的海邊有一些人提著燈火幫忙照明，隱約有哭聲隨風飄送過來。

「金火叔仔，干若有人在哭，是有誰人死去呢？」她恐懼害怕的出聲詢問。

阿春跟在金火身後往海邊走，她感覺腳下的沙子一直在塌陷，讓她舉步維艱。

「世傳——我的心肝囝！」

「世傳——我的金孫！」

千佳和進丁哀悽的哭聲傳入她的耳中，永隆看見她走到現場，跑過來抱著她哭喊：

「阿母！世傳佮阿舅攏予水渚死矣！」

阿春兩腿一軟，癱坐在沙灘上，眼睛巡視周圍，看見千佳和進丁坐在離她不遠處，前面躺著一大一小兩個人，她推開永隆，用爬的靠近他們，無法置信兩個至親就這樣離開她。

她與千佳淚眼相望片刻，伸出顫抖的手撫摸著阿發冰涼的臉龐，再伸過去撫摸世傳，同樣毫無生命溫度的寒冷，像一把利劍穿透她的胸膛，讓她痛得無法呼吸，喘了幾口氣才發出心肝俱裂的哭喊：

「我的心肝囝！我的小弟！天啊——。」

彷彿回應親人的召喚，世傳和阿發的眼鼻流出兩行血淚。

土水去找添叔和牛頭說明情況，請求他們協助處理後事，他們一口允諾，發揮鄰居守望相助的精神，先找來四件草蓆讓他放在牛車上，答應會召集眾人盡快搭設帆布靈堂，土水則駕駛牛車趕往西子灣，來到出事地點，金火冷靜指揮眾人將兩人遺體搬到牛車上，用草蓆蓋妥運回牛車會社。

阿興將已經癱軟的進丁和千佳扶上三輪車，對他們說：「管家叫我送恁返去茨裡休息，伊講所有的代誌攏予伊處理就好。」

兩人都因極度的悲傷有些精神渙散，對阿興的話毫無反應。

阿春堅持坐牛車一起走，她甚至顧不得仍不時悲泣的永隆，讓他獨自騎腳踏車跟著牛車走，阿發的摩托車金火委託在場的一位漁民替他騎回牛車會社。

土水提醒阿春：「欲返來矣，妳要佮𪜶兩個叫。」

阿春哭喊：「阿發！世傳！咱返來去。」

沿路過橋要呼叫，過路口轉彎要呼叫，牛鈴聲伴隨哭喊聲，在淒清的街道上迴響，聲聲痛斷肝腸。

一個靈堂兩具棺木，阿春和永隆、玉蘭三個人日夜守在那裡，金火請來道士誦經超度，所有的喪葬費用都由陳家支付。

進丁從那晚回到陳家就臥床不起，反覆發燒神智恍惚，千佳只在入殮的時候來到靈堂，她的哀傷一如平時的冷傲，都只淡淡的浮現在臉上，瘦如枯竹的身體彷彿隨時會傾倒，卻又堅毅的挺立著。

阿春早已哭腫哭紅雙眼，淚水仍止不住的奔流，她與千佳兩人分站在棺木的兩側，看著從棺材店請來的人，動作熟練的為世傳擦洗、更衣，將他放入棺木中，周圍塞滿銀紙。世傳穿著千佳為他準備的西裝，看起來就像睡著一樣，也許臨死有阿發做伴，所以才不驚懼吧？

「這爾緣投的囝仔，是焉怎佮個老父相同攏這爾短命？」千佳突然呢喃了一句。

阿春只是默默流淚，如果這是命運的安排，她又能說什麼？

蓋上棺木後，千佳抬起頭直視阿春，用一種帶著深沉哀傷的淡漠語氣說：

「我這世人所愛的，因為驚失去，攏想欲搦佇手裡，結果啥物嘛留袂牢。」

換阿發入殮時，阿淑哭得滿眼和鼻頭通紅，抽噎著對阿發埋怨說：

「你毋是講買茨以後欲娶我做某？欲予某囝過好日子？你是焉怎講話無算話？」

阿春心疼的看著弟弟，他穿著一般傳統的壽衣，看起來有點嚴肅，她哽咽的告訴他：

「阿發，你要佮世傳撮予好，毋倘予伊家己一個人無伴，後世人重投胎，出世去較好的人家，莫閣這爾歹命矣。」

永隆一直在靈堂裡默默陪伴這兩個他最親愛的家人，土水在一個深夜裡，告訴他這個母親藏在心中的祕密，原來他和世傳是真的親兄弟，同母異父，兩人之間的情感本就是血濃於水。

從小失去父親的永隆，阿發舅舅就像他的父親，也像最要好的朋友陪著他成長，教他學會游泳，一心期望他考上醫學院出人頭地。

他不知道為什麼老天爺要如此殘忍？一次奪走他兩個最愛。世傳說要和他一樣，成為一個濟世救人的優秀醫生，這個心願只能由他單獨完成。

伯元和美慈帶著承杰來靈堂探望，承杰看見永隆高興的追問：

「阿舅呢？伊去掠水蛙猶袂返來呢？」

永隆忍不住哭著回答：「伊袂倒返來矣啦！」

「伊是去佗位？」承杰不解的問。

永隆哭得無法自己，伯元拍拍他的肩膀，安慰他說：「你以後欲做醫生的人，要知也這個世間有生就有死，重要的是生命活咧的意義。」

永隆一知半解的將院長的話牢記在腦海裡，讓心裡的悲傷化為生存下去的力量。

玉蘭是這件悲劇中最沉默的一個人，她在頭一天夜晚宵禁前，獨自來到剛搭好的靈堂帳篷裡，一張方桌只簡單擺放兩根白色蠟燭照明，兩個神主牌位和一個小香爐，阿發和世傳躺在板子上，就像睡在一起一樣，她竟毫不感覺害怕的直視他們。

她在心裡不斷埋怨世傳：「為啥物欲焉爾對待我？我叫你莫去你偏偏欲去，你死我欲焉怎活落去？」

她在陳家就像一條遊魂一樣，阿公病倒，世傳的母親連看也不看她一眼，讓她背負世傳溺死的罪責，她甚至連哭的權利也沒有。

她在心裡悲痛吶喊，為什麼她身邊連一個愛她的人都沒有？母親生下她就拋棄她而離開，祖母突然因病猝死，祖父因失去田產投水自殺，因為兩家長輩從小替世傳與她訂親，所以祖父生前把她託養在陳家，她在陳家的地位形同童養媳。如今世傳過世，她到底該怎麼辦？

阿春見她站在世傳遺體旁邊，神情哀悽卻不發一語，過來抱著她一起流淚，她們都只能默默承受這無言的悲痛。

永隆其實也看出玉蘭心中藏著巨大的痛苦，他卻不知道如何安慰她？招弟特別請半天假來靈堂拈香，他私下拜託招弟：

「以後妳若有休假，就較漸去陪伴玉蘭一下，毋倘予伊尚孤單。」

出殯這天，學校合唱團在女老師帶領下，來為世傳拈香，在靈堂裡合唱驪歌送別，大家都哭成一團，原本是為三年級畢業典禮準備的歌曲，誰也料想不到最先送別的是自己的同學。

進丁連出殯這天都沒有出現，按照習俗夭折之人是不孝子，要由千佳持掃帚柄擊打棺木，千佳高高舉起卻頹然放下，伸手輕撫著世傳棺木，哽咽的說：

「你是媽媽的心肝囝，我哪會甘佮你扑，後世人你再來予我做囝好否？」

金火安排讓世傳和阿發安葬在覆鼎金的墓園，兩人位置相鄰，彷彿讓甥舅倆可以繼續做伴。

世傳出殯後的隔天清晨，進丁突然失神的走進牛車會社，來到阿春的住處，還不到七十歲的他一下就蒼老得令人不捨，穿著一套米白色麻料汗衫，寬鬆得像掛在衣架上一般，髮絲與鬍鬚全都灰白凌亂。

「阿春，世傳敢有來這？」他站在門口問正在煮早飯的阿春。

「頭家，你哪會焉爾走出來？」阿春趕緊將他扶到客廳的飯桌讓他坐下來。

「我揣無世傳，想講伊一定會來這。」他神情呆滯的回答。

土水和永隆都圍著他，很不忍心看他變成這副模樣。

「阿公，世傳無佇咧，你猶有我佮玉蘭兩個孫，阮攏會佇你的身軀邊陪伴你。」永隆含著淚安慰說。

進丁神情恍惚的問：「世傳是去佗位？我欲去揣伊。」

土水同情的對他說：「老兄弟，你的心情我會當瞭解，這種痛苦誰人嘛無法度替你分擔，只會行得勸你想較開咧！」

土水和永隆駕駛牛車送進丁回去，千佳因為一早起床不見公公，正要叫阿興騎車出去找，見到永隆和土水送進丁回來，才鬆了一口氣。

「媽媽，阿公走去阮遐欲揣世傳，阮佮伊送返來。」永隆態度恭敬的對千佳說明。

他還維持之前的習慣，稱呼她為媽媽，讓千佳有些眼眶發熱。

「少奶奶，頭家應該是受著尚大的打擊，精神有小可仔失常，需要好好調養身體。」土水關心提醒。

「伊返來發燒幾落工，昨才較好耳耳。」千佳語氣平靜的說。

永隆留意到玉蘭站在客廳的角落，像一尊毫無生氣的塑像一樣，眼神有些空洞的看著他們，讓他感覺有些心疼。

「阮欲返來去矣，少奶奶愛要保重。」土水鞠躬道別。

喪事辦理妥當後，金火帶著帳簿來到住宅探視進丁，千佳正努力勸說他喝下熬好的湯藥。

「多桑，你一直焉爾破病毋食藥，身體若出大問題，叫我欲焉怎才好？」

金火也婉言相勸：「尼桑，人死不能復生，你焉爾傷心佮袂食袂睏得，身體哪會堪得？」

「陳家的香火斷去矣，我是無積德的罪人，死後有啥物面目去見陳家的祖先？」進丁斜臥在床頭，氣若游絲的流著淚說。

「世傳雖然發生不幸，欲傳陳家的香火猶有其他的辦法，看是欲予少奶奶認養一個後生，猶是收養玉蘭做查某囝，以後會使招翁或者是抽豬母稅，同款有人奉祀陳家的祖先。」

金火針對香火延續的問題，提出解決辦法。

進丁默然不語，仍然潸潸落淚。

千佳再度勸說：「金火舅仔講的有道理，多桑你要保重身體，先佮這碗藥仔啉落去好否？」

她把藥碗湊近公公嘴邊，拿湯匙一口一口餵他，進丁總算願意張開嘴巴吞下那碗中藥。

等進丁喝完中藥，金火拿帳簿要給他過目，提醒著說：「這是這個月的出入數，月底矣，有足濟數款要付。」

進丁吩咐千佳替他拿出放在房間書桌抽屜的一個小布包，交給金火說：

「這內面是營業資金進出的寄金簿佮印鑑，德隆發商號的事務就攏交代予你矣。」

金火戰戰兢兢的接下這個沉重的擔子，對進丁說：「尼桑，我先替你代理一陣仔，你要較緊佮身體調養予好，咱商號袂使得無你來經營。」

*

空卿從乞食寮裡的乞丐口中聽說陳家發生的事，心裡充滿同情，博文因為替他作保被迫去南洋當戰地醫生，久婚不孕的千佳無奈之下，同意進行借腹生了以延續陳家血脈，後來博文死於二二八事件的清鄉屠殺，世傳成為能傳承香火的唯一根苗，在命運捉弄下竟也以悲劇收場。

他去找萬成瞭解一下他知不知道自己姪女的近況，兩人同樣在街角那間海產店小酌。

「你自從搬來高雄，攏毋捌去看過你的妫孫？」空卿問說。

萬成木然搖搖頭：「自從阮老父出山了後，我就毋捌看過玉蘭矣。」

「你這個阿伯真正足無情的。」空卿不禁批評說。

萬成滿心無奈解釋：「是無面子毋是無情，阮兜財產予我敗了了，我哪好意思去佮個相揣？驚會予人誤會我有啥物目的。」

「博文個老父佇北港是有名的大善人，來高雄此個乞食對伊嘛是足呵佬，哪會發生這爾不幸的代誌？」空卿感慨的說。

萬成淡然回答：「世間欲出啥代誌誰會當預料？像阮老父敢想會到伊田園赫爾濟，來一個國民政府，會予伊傾家蕩產？」

空卿忍不住消遣他：「恁兜出你這個了尾囝，財產早慢要敗。進丁阿伯伊的心肝赫爾好，毋知哪會好人無好報？」

萬成立刻橫眉豎目反擊：「你害死伊的囝閣敢焉爾講？」

空卿神情黯然，語調氣憤回說：「害死博文的毋是我，是無佮台灣人當作同胞的國民政府。」

萬成左顧右盼，幸好旁邊沒什麼人，他提醒說：「你較細聲咧會使得否？毋驚予抓耙仔聽著？」

已經有幾分醉意的空卿不滿的回說：「聽著又閣是焉怎？我講的攏是事實。」

萬成不答腔，以免他繼續說出更多批評政府的話惹來麻煩。

半晌，萬成關心的問：「你敢有去看博文𪜶老父？發生這種代誌對伊的打擊一定足大。」

空卿自嘲的說：「我嘛是無面去見伊的彼個人，聽講伊身體無好，已經足久無去店裡矣。」

「哪焉爾𪜶的生理欲焉怎？」

「攏交予管家金火仔在管理。」

「焉爾並毋是一件妥當的代誌，北港的事業交予春生仔已經是倩鬼提藥單，連高雄攏交予金火仔，等於將陳家所有的財產攏交佇𪜶父仔囝的手頭。」萬成神情憂慮的分析說。

「金火仔的人我看是真正派，閣是博文個卡桑的表兄弟，應該是會信任得的人。」空卿回說。

萬成嘆了一口氣，無可奈何的說：「我是在替玉蘭煩惱，伊已經足歹命矣，陳家千萬毋倘閣出啥物狀況。」

*

阿發過世，阿春面臨「水蛙發四腳仔羹」是否要繼續經營的問題，她和土水商議過後，決定由土水頂替阿發去放青蛙釣，畢竟土水年紀也七十了，自己一個人駕駛牛車搬運貨物也漸感吃力，連牛欸都老了，有時載貨要爬上五福路的木橋也顯得力道不足，算算牛欸的年紀也不小了，還能替他們工作多久？

土水在鄰居們的協助下，很快學會騎阿發的摩托車，開始穿梭在農田圳溝與溪流間，捕捉青蛙給阿春做生意賺錢，這些本事只要是鄉下人出身，都沒什麼困難。

不必去運貨的牛欸，每天在牛椆內悠閒的吃草，等著永隆從學校回來帶牠去放牧，或用腳踏車載回甘蔗尾、玉米莖、番薯藤等草料。

有一天傍晚，牛販仔宋來到牛車會社拜訪牛頭，原來他也來到高雄縣發展，定期會去岡山牛墟買賣牛隻，知道土水家的牛目前沒事可做，到家裡來遊說讓他帶去出售。

「飼牛就是欲做穡，若無閒閒同款要食草料，恁加麻煩的。」牛販仔宋站在牛椆外面，對著正在清理牛糞的土水說。

永隆聽見他的話，從屋裡走出來，很不客氣的趕他：「阮一點仔就無感覺麻煩，阮的牛無欲賣，你會當走矣。」

牛販仔宋尷尬的笑說：「才幾年無看，永隆已經是少年家矣。」

土水充滿感情的摸著牛欸的頭說：「這隻牛對阮兜有重要的意義，伊替阮做穡這爾濟年，就算老矣，袂做矣，阮嘛欲飼伊。」

聽見他們祖孫兩人都這樣說，牛販仔宋算是自討沒趣的走人。

進丁在世傳過世後，每天把自己關在家裡，整天沉默不語的呆坐著，或突然失聲痛哭無法自己，千佳請父親來為他診斷，美慈是過來人，她對女兒說：

「恁大倌得的是心病，心病是上歹醫的一種病，伊需要人關心陪伴，予伊有活落去的希望。」

千佳自己也曾經歷過喪夫之痛，當時是因為有世傳給她活下去的勇氣，她知道讓陳家的香火可以延續下去，是讓公公活下去的唯一希望。

「多桑，我正式來收養玉蘭做妁囝，予伊來傳咱陳家的香煙，你想焉怎？」千佳試著和公公商量。

進丁在傍晚敬完茶，坐在客廳望著陳家祖先牌位，和旁邊世傳的新神主牌發呆，因為世傳過世尚未對年，所以還沒有併入陳家祖先牌位裡。

「焉爾做敢好？」進丁眼裡彷彿重新燃起一道光芒。

「玉蘭早就像我的妁囝同款佇咱兜生活，伊本來是要嫁世傳的，註定是咱兜的人，新婦做無成換做我的妁囝，親像是天的安排同款。」千佳分析說。

「若是會當焉爾做上好。」進丁同意。

千佳去樓上把玉蘭叫下來，玉蘭神情顯得有些驚慌，自從世傳過世後，她在這個家自覺像個罪人一樣，總是提心吊膽不知何時會受到無情的責罵。

「阿公，有啥物代誌？」她看著進丁，怯怯的問。

「玉蘭，妳來予阮收養敢好？」進丁溫和的詢問。

「我毋是已經予恁收養矣？」她感覺有些茫然。

「妳只是寄養佇阮這，阿公講的是正式收養妳，予妳來做我的囡，妳欲否？」千佳詳細解釋。

玉蘭點點頭，泫然欲泣的說：「媽媽欲收養我做囡，當然嘛好，我以後一定會代替世傳友孝恁的。」

聽她這樣說，千佳和進丁同時感動落淚，欣喜的看著這個已經悄然長大的女孩。

玉蘭認為這是一個自己能贖罪的機會，她一直為沒能阻擋世傳去玩水的事而自責，讓陳家斷了香火，所以也心甘情願擔起這個責任。

永隆常在假日來陪伴進丁，有時陪他下棋、散步，有時帶他坐車去覆鼎金看看世傳與阿發舅舅的墳墓，讓進丁臉上的氣色逐漸好轉，慢慢有了笑容。

他在世傳的墓碑前對進丁說：「阿公，我一定會代替世傳友孝你，世傳未完成的心願，我也會替伊完成，我絕對欲做一個會當救助散赤人的好醫生。」

進丁寬慰的點頭，笑著問：「你哪會佮玉蘭講同款的話？」

「玉蘭伊也焉爾講喔？」永隆露出一個不好意思的笑容，耳根子都紅了。

＊

招弟一個月只能放假兩天，來高雄待得越久眼界越開，才一年不到她就女大十八變，十五、六歲的女孩如花朵含苞待放，一顆少女心早已屬於永隆，只是永隆向來都把她當成自己的親妹妹，這是招弟心中最大的煩惱。

這個假日她來到牛車會社找永隆，兩人一起騎車去陳家，這段坐在腳踏車後座的時光，是她每次來的期待，永隆到達後就陪進丁去散步，招弟和玉蘭兩個女孩就去房間關起門來說悄悄話。

「招弟姊啊！妳今嘛愈來愈婧呢！逐擺來穿的衫攏無同款。」玉蘭衷心的稱讚。

「衫攏毋是我買的，我嘛無錢倘買衫，我的薪水攏直接予阮養母收去，是先生娘送我伊無愛穿的舊衫。」招弟實話實說。

「看袂出來是舊衫，攏猶足新咧。」玉蘭欣賞著說。

「干單妳會注意著我穿的衫。」招弟不無埋怨的說。

每次她放假來找永隆，都會精心打扮，但是他卻像視而不見一樣，從未用異性的眼光看過她。

玉蘭聽出她話中的含意，取笑招弟說：「是有人袂曉欣賞响？」

招弟做勢搥打她：「妳又閣在笑我？」

玉蘭笑著閃躲，否認說：「我毋是在笑你，真正有人是憨大呆啊！」

招弟與玉蘭坐在床沿，嘆了一口氣，告訴她：「頂擺放假，我有返去看我的親生父母佮小弟、小妹。」

玉蘭羨慕的說：「有夠好的，妳猶有親人會當相揣。」

招弟卻面露憂愁的埋怨說：「家庭赫爾散赤有啥物好？佮我賣予人做養女，個的日子嘛無較好過。」

「至少妳猶有老父老母倘相揣，我連阮老母佇佗位嘛毋知？」玉蘭神情悽楚的說。

「妳今嘛是陳家的養女，也算是有老母疼惜，咱平平是養女，命哪會差這爾濟？」招弟故意開玩笑的抗議。

「招弟姊啊！妳毋知也我的責任有偌大，我以後若是欲嫁翁，就要揀願意來予阮招的，猶是抽啥物豬母稅，當做我是豬母焉爾。」玉蘭煩惱的說。

招弟笑著告訴她：「以早阮阿公就是在牽豬哥，抽豬母稅的代誌我瞭解，就是牽豬哥來扑豬母無算錢，等以後生豬仔囝的時陣，看欲分幾隻事先先講予好。」

玉蘭聽完招弟的解釋，突然整張臉紅透到耳根，嬌羞的推打她說：

「連豬哥扑豬母的代誌妳攏知，妳猶有啥物代誌毋知？」

招弟嬌笑著抓住玉蘭的手，故意說得更露骨：「我有看過豬哥扑豬母，人欲焉怎扑我就毋知矣。」

玉蘭羞得更無地自容，兩個情竇初開的少女，心中同時想著一個人。

十一

一九五七年農曆春節，金火從高雄回來，在家等著他的，並不是一頓闔家團圓的年夜飯，而是春生一家子連同媳婦、三個孫子都被押在家裡，像一群待宰的豬羊。

「發生啥物代誌？」金火一進門，看見一屋子流氓模樣的人，驚詫的問。

「多桑，你要救阮的命。」媳婦放聲哭喊。

三個還年幼的孩子見到阿公，彷彿見到救星一般，跟著哭叫阿公。

金火用憤怒的眼神注視著春生，厲聲責問：「你又閣做啥代誌袂收山？」

春生慚愧的低頭不語。

帶頭的流氓是一個年約四十幾，和春生差不多年歲的中年男人，三角眼，一副凶狠模樣，他坐在木製沙發椅上，拿出一疊借據在手上說：

「這是恁囝抵押佇阮錢莊的物件，看你是欲提錢出來解決，猶是欲過戶予阮，隨在你選擇。」

金火冷靜的回答：「這些地契並毋是阮的，是頭家陳進丁的。」

「佇北港誰毋知春生仔是陳家的契囝，伊講陳家連唯一的孫仔都死矣，以後所有的財產攏是伊的，所以阮才會借伊赫爾濟錢。」帶頭老大冷冷的回答。

金火把那些借據拿過來看，語氣沉重的說：「就算佮我刣死，我嘛提袂出來這爾濟錢。」

「這只是母金，利息攏猶袂算咧。」帶頭老大提醒。

「我真正無法度處理。」金火無奈的回答。

「錢佮命干單會當揀一項。」帶頭老大語氣陰沉的說。

「我只是陳家的管家耳耳，哪有錢倘予恁？伊家己欲做歹囝，我哪有啥物法度。」金火痛心的說。

「辦法是人想出來的，有法度無法度你家己決定，予你考慮一暝，明仔在我再閣來。」帶頭老大站起來說，然後吩咐手下：「佮伊押走。」

春生被兩個流氓一人一邊強架著離開，他不斷哀求父親：「多桑，你一定要救我，若無個會佮我扑死啦！」

一群人離開後，媳婦阿秀馬上拉著孩子跪下來哭著哀求公公：「多桑，店裡所有的周轉金已經用盡矣，賭店面房地產會當過戶予個抵數，若無趕緊處理，春生仔的生命會無去。」

「我無佇北港，恁翁某是焉怎匪類在過日子？」金火拍桌責問。

阿秀羞愧的低頭不語，三個孫子嚇得大哭起來。

半晌，阿秀才辯解說：「主要是春生仔也欲食，也欲博，我嘛管伊無法啊！」

金火老淚縱橫，語氣沉痛的說：「我以為伊娶某生囝了後就較會曉想，會當為著某囝好好做人，結果恁兩個翁某半斤八兩，以為家己真正是好額人的少爺佮少奶奶？自早店裡的辛勞就有在佮我託頭，攏是我尚寵倖恁，若較早佮恁趕出去，就袂有這些代誌發生。」

「今嘛講這嘛無路用，要趕緊想辦法救春生仔較要緊，囝仔猶閣這爾細漢，個袂使得無老父啊！」阿秀哭著對公公說。

「我有啥物辦法？欲過戶嘛要有地契，地契也無佇我這，我是欲焉怎救伊？」金火無奈嘆氣。

阿秀對他說：「個有講，只要有印鑑就會使得，過戶的代誌個家己會處理。」

金火看著跪在地上的媳婦與孫子，痛心疾首的質問：「恁無感覺這是自早設好的局？是焉怎糊塗佮這種程度？」

阿秀一臉無辜的表情：「若知阮煞會跳落陷阱？」

「起來！」他不忍心讓孫子一直跪著。

也許，他才應該負最大的責任，金火在心裡自責的想著。

春生還小妻子就過世，他帶著孩子到北港投靠表姊玉枝，進入陳家的德隆發商號工作，逐漸受到進丁信任重用為管家，春生因為嘴甜眼色好，被進丁夫婦收為義子，長大後也跟著進商號工作，在進丁夫婦面前裝孝順乖巧，背後在店裡卻開始以少爺的身分自居，不時做些偷雞摸狗的事，他基於愛子之心只得處處掩護，也曾狠狠教訓過春生，但畢竟是自己的兒子，罵歸罵，還是一再給他改過自新的機會，就是這樣才一步錯步步錯，讓春生揮霍到無法自拔的地步。

「古早人講細漢偷挽瓠，大漢偷牽牛，真正無差無錯，恁的囝仔猶細漢，這個教訓一世人攏要記佇心肝內。」金火說完，頹然回他的房間去。

初五隔開，店裡應該開市的日子金火卻不見人影，阿興到家裡找進丁商量。

「應該是返去北港予啥物代誌耽誤著，妳敲電話去北港的店裡問看覓。」

千佳依言拿出電話簿，連打幾個電話竟都沒人接。

在永隆和玉蘭陪伴下，身體已經好轉很多的進丁，決定自己去店裡開市。

「敢會發生啥物代誌？」千佳不安的問。

「袂啦！金火仔是一個做代誌真謹慎的人，等伊返來就知也是焉怎。」

進丁換上外出的衣服，和阿興一起去買水果和金紙及一串鞭炮，還準備許多紅包要給店裡的伙計和上門的乞丐。

店街上的左鄰右舍見到進丁出現在店裡，都很高興他已經走出悲傷，身體恢復以前的健康模樣，紛紛過來祝福他，進丁拱手感謝大家的關心。

但是一直到初八都還找不到金火，連北港的店裡也是無人狀態，進丁心知有異，派阿興回去察看，阿興從北港打電話回報，語氣沉重的說：

「頭家，咱所有的店面聽講過年前就攏停止營業，我去揣些個咱店裡的老員工探聽，個講春生仔宣布，因為你身體無好，所以欲結束營業，佮大家攏辭頭路。」

進丁聞言大驚，慌亂的問說：「哪會焉爾？你有去金火仔的茨內揣看有人否？」

阿興回答：「我去看過矣，無人佇遝。」

進丁頹然放下電話，千佳急切的詢問：「是發生啥物代誌呢？」

「咱北港的店鋪生理攏收起來無做，恁金火舅仔佮春生仔規家伙攏揣無人。」進丁神情凝重的說。

「多桑，咱這爾信任金火舅仔，伊敢會反背咱？」千佳惶恐的問說。

「我毋相信伊會反背咱，一定是發生啥物代誌才會焉爾，要等伊返來才會知。」進丁無奈的嘆氣說。

進丁懷著不安的心情，每天去店裡坐鎮，期待金火回來向他說明，但是一天等過一天，不到元宵節就遇到新曆月底帳款的結算日，因為營業用的寄金簿與印章都在金火那裡，他只好把家用存款的錢取出來支付。

付清帳款沒幾天，就有一家錢莊的人上門，持店面房屋所有權的房地契要求收回房屋，進丁一再聲明這家店面是他的，他並沒有賣房子，但是對方根本不理他，只說給他半個月的時間結束營業，否則會派人強制清除。

進丁在阿興陪同下，帶著房地契去地政事務所查證，才知道手上的房地契已被作廢，還被過戶轉賣他人，委託代辦書上清楚蓋著他的印章，唯一值得慶幸的是他們居住的房子還保留著。

進丁又趕回北港的地政事務所調查資料，他名下所有的財產都被盜賣一空，包括原有居住的老宅，阿興在回程的車上不斷咒罵金火說：

「真正知人知面不知心，無彩頭家你這爾信任伊，閣是家己的親成，哪會使得這爾無良心？霸佔人的財產若食會落去也放袂出來。」

進丁神情落寞的看著沿路掠過眼前的風景，腦海裡不斷浮現金火父子長期與他們一家和睦相處的情景，尤其是在他喪妻、喪子、又喪孫的悲痛時刻，總有金火守在身旁協助照料，他才能安然度過這些人生的考驗。

「伊一定是有啥物苦衷才會焉爾。」進丁幽幽的回說。

他將僅有的幾筆定期存款解約，遣散所有的員工，包括家裡的幫傭滿福嫂和阿菊。

滿福嫂從年輕在陳家做到老，如今也兒孫成群一起在高雄各有工作，不需要她賺錢養家，所以她推辭進丁給的遣散費，邊擦眼淚邊說：

「頭家，少奶奶，這筆錢我無要，恁留咧生活，以後我免領薪水同款會來幫恁煮飯、洗衫，算是我報答恁這爾濟年的照顧。」

進丁雖然感動，還是推辭：「毋免焉爾，阮猶有法度過日子，妳嘛有年歲矣，應該退休去享受囝孫的友孝。」

「我實在毋相信金火仔會做這款代誌，伊的良心是去予狗哺去呢？」滿福嫂憤憤不平的說。

進丁想起老友添財當初處理兒子萬成向錢莊借錢的債務，對於金火為何會這樣，心中也有一些底。

滿福嫂和阿菊離開後，千佳茫然的問公公：「多桑，咱以後欲焉怎？」

「暫時儉儉仔過日無問題，只是無法度予妳閣過少奶奶的日子。」進丁帶著一絲歉意說。

翁媳兩人坐在客廳裡相對無言，心中各有思緒。

「多桑，我看你干若攏無生氣？」千佳有些困惑的打量著公公。

陳家那麼大的家業毀於一旦，為什麼他還能如此淡定面對？

進丁無可奈何的一笑，語氣豁達說：「人生的變化無常，除了接受佮面對考驗以外，閣會當焉怎？命中有的走袂去，命中無的莫強求。」

千佳思索著公公的話，回想自己的人生一路走來，出身富家千金又嫁入殷商之家，在長輩羽翼下嬌生慣養，表面上要什麼有什麼，真正她想要的卻都得不到。

玉蘭放學回家，走進飯廳想找點心吃，發現千佳笨拙的在準備煮晚飯，有些吃驚的問：

「媽媽，妳在創啥？滿福嬸仔呢？」

「以後咱茨裡攏無使用人矣，洗衫、煮飯、摒掃攏要家己來。」千佳語氣平淡的回說。

「是發生啥物代誌呢？」玉蘭追問。

千佳簡單的對她說明家裡面臨的變故。

「焉爾我以後敢猶有法度讀冊？」玉蘭怯怯的問。

千佳肯定的說：「當然一定要繼續讀冊，妳毋是想欲考師範學校以後做老師？」

「是啊！讀師範學校才毋免予恁負擔學費，可是咱今嘛攏無在趁錢，生活費欲按佗位來？」玉蘭擔憂的說。

千佳安慰說：「妳免煩惱啦！錢的代誌，我佮恁阿公會想辦法。」

玉蘭主動提起說：「阮阿公欲死以前，毋是有留兩甲地欲予我做嫁妝？若是咱的生活有困難，就佮田園賣掉維持生活。」

對於玉蘭的懂事，千佳感覺很安慰，患難時刻，似乎更能體會家人同心協力的重要。

這一頓飯燒焦，菜太鹹，湯太淡的晚餐，陳家三人吃得別有一番滋味。

雖然公公告訴她省吃儉用還能過日子，但千佳也明白坐吃山空的道理，她其實可以請娘家父母伸出援手，不過向來心高氣傲的她，還是不想要依賴娘家，相信公公也不願意如此，她努力思索自己能靠什麼賺錢？面對書房裡滿滿的畫作，她想到千惠曾經提議過願意幫她賣畫，於是她挑選幾張滿意的作品送去裱畫店，裱好後坐三輪車送去妹妹的店。

千惠早已從母親那裡聽說了陳家的遭遇，但姊姊不說，她也絕口不提，只對姊姊說賣出後會通知她，半個月後就給她送去一筆錢，千佳非常高興，這是她這輩子第一次靠自己的能力賺錢，從此她畫得更勤，千惠從不拒絕她送去的畫，每個月都讓她有一筆收入可以拿，過日子不會太難。

空卿從乞食寮裡的乞丐口中，聽說陳家財產被侵佔的事，他不禁擔心起博文父親生活會不會發生問題？幾經考慮，終於下定決心前去探望，他先去銀行提領了一筆錢，騎摩托車前往陳家住宅，當按下門鈴的那一刻，一顆忐忑不安的心才底定下來。

千佳來開門，當她看見站在門外的空卿，不禁愣在當場說不出話來。

「千佳，我是空卿。」他不自在的開口打招呼。

「你無死？」千佳驚異的說。

空卿點點頭，問她：「阿伯好否？」

千佳讓他進門，怕公公被嚇到，她先在客廳門口說：「多桑，博文的朋友空卿無死，伊來看你。」

進丁站在客廳，一臉驚喜的看著空卿說：「原來你無死？焉爾真好，坐啦！千佳妳去泡茶。」

空卿跛著腳走到進丁面前，神情激動的流下眼淚，跪下來向進丁道歉：

「阿伯，是我害死博文，請你原諒我。」

進丁伸手扶起他，語重心長的對他說：「應該懺悔的毋是你。」

空卿在進丁旁邊的位置坐下來，帶著深深的歉意告訴他：「其實自恁搬來高雄了後，我就一直想欲來看你，只是攏無彼個勇氣。」

「博文的死我並無怪你，我知也這毋是你的毋對。」

「可是撮頭抗議的是我。」

「自古以來，攏是官逼民反，百姓若食會飽，無人會想欲造反。」進丁平心而論。

「阿伯，予我代替博文來照顧恁好否？」空卿拿出裝鈔票的紙袋交給進丁。

進丁伸手推拒說：「你無需要焉爾，我佮千佳的生活無問題。」

「若無就予玉蘭讀冊倘用。」空卿堅持。

「玉蘭真乖，伊講欲讀師範學校，袂予阮有尚大的負擔。」千佳告訴他。

「萬成嘛來高雄矣，伊也是無面來見恁的彼個人。」空卿嘲諷說。

「佮伊講有閒就來坐。」進丁交代。

土水在陳家落難後，反而常去看進丁，有時帶著捕獲的鱔魚、土虱，有時帶自己醃漬的鹹蝲仔。

「博文頭一擺去阮遐，食著這種鹹蝲仔，呵咾足好食。」土水隨口說。

「真的，我攏毋知伊愛食這味。」千佳神情自然的接口。

當提起往事不再心痛時，就表示已經釋懷。

進丁邀土水一起泡茶，兩個人坐在客廳閒聊，回憶往昔在榕樹王庄彼此間是地主和佃農的關係，對照今日來到高雄後的世事變化，都有人生如夢的感嘆。

「永隆最近在無閒啥？較少看著伊的人？」進丁關心詢問。

「閣半學期就欲大學聯考矣，逐工讀冊攏讀佮三更半暝。」

「永隆這個囝仔實在予人足感心的，老兄弟，你是一個有福氣的人。」進丁由衷稱讚。

「猶是要感謝你過去對阮的照顧。」土水感恩的回說。

「咱兩家算是有緣份，才會一路行來到這。」進丁不免帶著一絲感嘆。

玉蘭放學回來，恭敬的向土水問候：「阿公你好！」

「玉蘭嘛是欲考高中矣呴？」土水問。

「是啊！我佮永隆兄同款，今年攏欲聯考。」

「妳想欲讀佗一間學校？」

玉蘭笑著回答：「我欲考省立高雄師範學校，以後會當做老師。」

「喔！妳佮永隆相同，志氣攏䀐細喔！」土水笑說。

玉蘭開玩笑回答：「我䀐當輸予永隆兄啊！」

玉蘭上樓去後，進丁開口問土水說：「老兄弟，我敢會當佮你參商一件代誌？」

「啥物代誌？」

「阮兜的情形你嘛清楚，世傳意外過身，陳家的香火無人繼承，玉蘭予千佳收養做囝，佒望伊結婚了後，會當有一男半女來傳阮陳家的香煙，永隆這個囝仔我真佮意，敢會當予伊來做阮陳家的囝婿？」

「你的意思是欲抽豬母稅？」土水很內行的反問。

進丁點頭，探問說：「敢會行得？」

土水並不反對，回答說：「只要少年人互相有意愛，我是無意見啦！只是頭一個查埔孫一定要姓蔡。」

土水只有這一個要求，進丁充滿感激的道謝。

＊

一九五九年夏季，永隆考上高雄醫學院，這是在一九五四年由台灣第一位醫學博士杜聰明教授創建的私立學校，資金來自醫界與台灣各地士紳踴躍捐獻，敦聘許多醫療界精英任教，並於一九五七年成立「高雄醫學大學附設醫院」，成為一級教學醫院及醫學中心。

牛車會社出了一位未來的醫生，大家都覺得很光榮，添叔特地寫好一張慶賀高中醫學院的紅紙貼在土水家門口，放了一串長長的鞭炮，眾人集資送給永隆一個紅包，土水請大家進客廳喝汽水，客氣的推辭說：

「免啦！哪著這爾工夫欲創啥？」

「也毋是欲予你的。」祥哥開玩笑說。

添叔直接把紅包塞到永隆手中，故意鄭重告訴他：「要會記得喔！這些阿叔、阿伯以後若去予你看病，醫藥費要算較俗咧！」

永隆露出憨厚的笑容回答：「無問題。」

阿海看著永隆，突然感慨的說：「這個囝仔佮個阿舅生做足同面的，若無發生意外，阮就會是親成。」

阿海的話讓氣氛變得有些感傷，牛頭趕緊轉移話題：「永隆是咱牛車會社的光榮，以後練宋江要予伊夯頭旗。」

祥哥問永隆說：「讀醫學院敢會足無閒？敢猶有時間倘練宋江？」

永隆認真回答：「若有時間我一定會參加團練，因為欲做醫生家己身體要練予勇。」

祥哥用力拍了永隆肩膀一下，肯定說：「這個囝仔巧，絕對會有出脫。」

玉蘭也如願考取高雄師範學校，放榜後她和招弟、永隆三人約好一起去大舞台戲院看電影，永隆用大家給的紅包買票，他們選看一部洋片《朱門巧婦》，是由保羅・紐曼和伊麗莎白・泰勒主演，永隆坐在玉蘭和招弟的中間，因為劇情涉及男女之間的性事，讓他感覺有些尷尬。

從電影院出來後，永隆提議去找寶貴姨吃冰，招弟沉默不語，玉蘭敏感察覺她想私下與永隆相處，便找了個藉口說要先回家。

「焉爾妳敢欲去食冰？」永隆問招弟。

招弟低聲回說：「永隆兄，敢會使陪我散步一下？」

「好啊！」永隆爽快答應。

兩人慢慢往回沙仔地的方向走，午後的街道有些慵懶，出來逛街的人不多，永隆閒話家常的問著招弟一些生活上瑣碎的事，包括她跟著醫生的小孩學英文的事。

「妳今嘛英語會話的能力到佗位矣？」

「簡單的大約攏聽有，嘛會曉講幾句。」

「妳講來我聽看覓。」永隆很感興趣的說。

招弟害羞拒絕：「我才無要，你會佮我笑。」

「袂啦！學會曉講英語是足好的代誌，我笑妳欲創啥？」永隆正色說。

招弟還是搖頭，半晌，她突然遲疑的開口：「永隆兄，我想欲問你一個問題。」

「啥物問題？」永隆不解的問。

招弟鼓起勇氣，眼神卻不敢看他：「假使講……我若毋是你的小妹，你敢會……佮意我？」

永隆淡淡的回答：「莫問這款無聊的問題啦！這世人妳註定是我的小妹，我對妳只有兄妹的感情。」

原來他一直懂得招弟對他的情意，只是他一直無動於衷而已。

招弟轉頭過去看著遠方，努力不讓眼淚掉下來，她終於確定自己與永隆這輩子只有兄妹的情份，絲毫沒有改變的可能。

玉蘭每天騎腳踏車去高雄師範學校上學，都會經過沙仔地，偶而她遇見永隆去老王豆漿店載豆渣，兩人就會共走一小段路，若時間來得及，她會進去看看牛欸。

其實雙方的家長都暗示過樂意見到兩人交往的事，只是年輕人臉皮薄，都沒表示什麼，但彼此間的情愫在悄悄孳生，卻是明眼人都看得出來的事。

一個星期日早晨，永隆和玉蘭事先約好要去愛河的河岸邊放牛吃草，她騎腳踏車到牛車會社，和永隆一起牽著牛欸往愛河邊走，兩人聊起一件小時候的往事，她和世傳暑假到榕樹王庄玩，四個孩子去溪邊放牛，玩起娶新娘的扮家家酒遊戲，那時候由她扮演新娘，世傳卻怎麼也不肯扮新郎，最後是由她和永隆拜了堂。

「這陣想起來，無感覺足奇妙？」永隆有感而發的說。

「爲怎奇妙？」玉蘭不解的側頭看他。

他深深的凝視她說：「妳佮世傳自細漢做夥大漢，兩人閣有婚約，如果伊若無出意外，恁大漢應該是會結婚才對。」

玉蘭低著頭無奈的說：「我嘛毋知，世傳伊一直攏親像囝仔同款，阮兩個人相處其實較成兄妹猶是姊弟，若欲做翁某，干若猶無彼個男女之間的感情。」

永隆也同樣說：「就像我佮招弟同款，無論阿貴仔佪焉怎笑阮兩個以後會送做堆，我對伊從來攏是兄妹的感情而已。」

「可是，招弟姊伊心內真正有佮意你。」玉蘭主動告訴永隆。

「我知也。」永隆承認。

「你知也？你已經直接佮伊表明你無愛伊呢？」玉蘭急切追問。

「我當然要坦白佮伊講，伊才袂一直對我有錯誤的期待。」永隆直接了當的說。

「莫怪伊彼工來揣我的時陣，心情會赫爾歹，恁查埔人的心肝足硬，敢一定要這爾直接拒絕伊？」玉蘭替招弟心疼的說。

「我只是佮伊講，我對伊只有兄妹的感情而已。」永隆有些無辜的辯解。

「換做是我，我嘛會傷心。」玉蘭感同身受的嘆氣說。

「若換做是妳，我才袂焉爾講。」兩人分站牛欽的兩邊，永隆望著她說。

「換做是我，你會焉怎講？」玉蘭抬眼看他，又害羞的望向河岸。

「我會講……我佮意妳。」永隆鼓起勇氣說。

「莫佮我講，你想欲代替世傳照顧我，這毋是愛，是責任。」玉蘭垂視著地面，語氣低落的告訴他。

永隆走到她這一邊來，直視著她的眼睛，充滿感情的回答：

「我會照顧世傳的阿公、媽媽，因為我欲替伊擔起這個責任，我對妳的愛是真正的愛，除非妳無佮意我，若無咱就正式來交往好否？」

玉蘭羞澀的點點頭，永隆牽起她的手，一手握著牛繩，牛欸緩步走上愛河的五福木橋，一隻牛情牽兩家人。

世道無情，人間有愛，愛可以彌補許多缺憾。

十二

牛欸在一九六〇年的冬季開始病懨懨，衰老到最終就是不吃不喝，土水心裡有數，滿臉憂慮的說：

「驚是在辭五穀矣。」

他見牠總是倒臥在牛椆內，怕天氣冷還為牠蓋上一條棉被，阿春和永隆也不時探望，每個人心中都浮起許多往事。

土水盡量陪伴著牠，撫摸牠瘦弱的身體，看著牠圓睜著的牛眼汨流出淚水，他也淚流滿面，滿心不捨的告訴牠：

「牛欸，感謝你這世人為阮蔡家辛苦這爾濟冬，予阮家境會當改善，有家己的田園土地，閣綴我來高雄運貨趁錢，晟養我的孫永隆，你這世人的任務已經完成矣，後世人毋好出世做牛，咱來做好朋友好否？」

兩天後一個寒冷的夜晚，牛欸悄悄離開這個世間，土水早就決定要把牠運回榕樹王庄的田裡安葬，讓牠陪伴在圓仔身邊，守護蔡家這塊得來不易的田地。

永隆陪阿公坐在貨車後面，陪伴牛欸遺體回到故鄉，一路不忘提醒牠過路過橋，聲調哽咽哀傷，在兩個工人幫助下，埋好牠的遺體，沒有墓碑，就是一個隆起的墳塋，土水在牠的墳前燒紙錢，像事先留下遺囑一樣淡淡的說：

「以後我若死，再返來這佮恁做伴。」

有義和永隆在旁邊默默聽著，阿彩仍是老樣子，嘴裡說出來的都是批評與埋怨：

「牛老矣早就要賣掉，至少嘛有刣肉的錢，無賣是飼咧加食料耳耳，啊死就死矣，是焉怎閣加開錢倩車運返來埋？」

土水冷冷的回她：「對啦！妳以後若食老，才叫妳些個囝佮妳賣掉啦！橫直食老就無路用矣。」

＊

一九六二年秋天，一封訃聞寄到陳家給進丁，地址在金火的故鄉，那裡也是他妻子玉枝的老家。

進丁在出殯的前一晚抵達，靈堂裡擺著一張金火的照片，神情嚴肅一如以往，春生跪在進丁面前懺悔哭泣。

「多桑，攏是我毋學好，拖累你佮阮老父，伊自從佮你的財產用來替我處理債務了後，逐工都借酒解憂愁，講伊對不起你，無面倘見你，也無面倘去見伊的表姊，所以交代我入木的時陣，佇伊的面頂崁一條巾仔。伊叫我佮你講，請你原諒伊，這世人伊欠你的，好世人伊會做牛做馬來還。」春生斷斷續續的說，哭得無法自己。

進丁幽幽的嘆了一口氣，看一眼春生的老婆和三個還未成年的孩子，轉頭凝視著金火的照片，在心中告訴他：

「金火啊！你安心去吧！我無怪你，我嘛會當瞭解你的苦衷。後世人你毋免做牛做馬，咱做兄弟閣來做夥扑拼就好。」

＊

沙枯拉和空卿合股開設的「林桑海鮮餐廳」，終於在一九六四年春天隆重開幕，地點選在靠近市政府的地方，因為食材新鮮，又有日本風味，吸引許多走過日治時代的老一輩人懷舊光顧，不少在市政府上班的長官也會選在這裡應酬，很快打響知名度。

空卿蓄起兩撇鬍子，不時戴頂紳士帽改變造型，目的在於不希望被認出，卻因此讓自己更有男人的魅力。而他天生口才好又幽默風趣，許多在風塵打滾的女人，與客人外出時都很喜歡指名來林桑的店。

因為博文的父親不接受他的幫助，平日他去漁港採買時，經常會給他們送些新鮮的海產，進丁逐漸將他當成自己的兒子一樣。知道千佳在賣畫，他買了許多幅她的作品掛在店裡，遇到喜歡水墨畫的客人就主動幫忙介紹，他對那些官場中人最有一套推銷話術，還真到了見人說人話，見鬼說鬼話的境界，想求高升的就建議他買山景或如意，想求發財的就建議他買河川或鯉魚圖，把千佳的畫作吹捧得掛在室內立刻就能風生水起，讓她增加不少收入。

因為有千惠和空卿的幫助，千佳和進丁才能生活無虞，雖然失去財產，他們卻感覺人生更加豐富起來，千佳有了自己的人生目標，她想成為一位知名畫家，所以努力提升自己的藝術造詣，進丁失去兒子與孫子，得到的親情卻比以前更多。

*

永隆開始實習的那年，學校來了一個日本的醫學觀摩交流團體，領團的人是乃木太郎教授。

學校安排一場交流座談，開放給所有醫學生旁聽，乃木教授透過即席翻譯，發表一些傳染病的傳染途徑、症狀及治療、與預防方法，讓學生獲益良多。

永隆勇敢提問了兩個關於辨症的問題，乃木稱許的詳細解說，對他留下很深刻的印象。

永隆沒想過還會與乃木醫生見面，隔天他接到林院長的電話，說想要介紹一位老朋友與他認識，他臨時請假來到院長住處，承杰高興得說要跟他去釣青蛙，永隆微笑對他說：

「阿舅，我是永隆呢，阿發是我的阿舅。」

美慈無奈的說：「自從恁阿舅過身，伊就無朋友倘相揣矣，常常攏去三塊厝市仔迺來迺去。」

永隆跟著美慈走進客廳，看見客廳裡坐著的乃木教授，神情一愣，問說：

「乃木教授哪會佇這？」

美慈充當即席翻譯，現場日語和台語交雜著談話，氣氛溫馨熱鬧。

「原來你就是林醫師口中說的青年才俊。」乃木教授笑說。

「他是我未來的外孫女婿，也是慈愛病院的接班人。」伯元告訴乃木。

「他很認真細心的學習，未來會是一位優秀的醫生。」乃木誇獎說，瘦削嚴厲的臉上難得露出和靄的笑容。

「以早乃木醫師佇北港擔任慈愛病院的院長彼時，台灣人的衛生觀念猶無赫爾好，常常發生傳染病，伊攏親自去到患者的茨內檢查，指導個改變一寡不良的生活習慣，全北港的民眾攏嘛足肖念伊的。」

伯元告訴永隆一些乃木過去的事跡，讓永隆記住這位醫界前輩的風範。

大家邊喝茶邊聊一些醫學上的事，伯元和乃木偶而也用日語談一些私事，美慈有時加入談話，沒有為永隆翻譯，他就只能旁觀猜測。

「這是石原君請我轉交給千惠的信。」乃木從公事包裡拿出一封信交給美慈。

「他回日本後，生活過得還好嗎？」伯元關心問。

乃木神情嚴肅的回答：「剛回去的時候大家生活都很辛苦，戰敗的日本就是一個破產的國家，一切都要重新建設。因為貧窮，治安也很亂，石原的職務是警察，責任很沉重。」

「他結婚了嗎？」美慈看著信問說。

「結婚又離婚了。」

「怎麼會這樣？」美慈表情很驚訝。

「他跟我說是因為興趣與觀念相差太大。」

「你們常見面嗎？」伯元問。

乃木哂笑回答：「因為我們對台灣有共同的懷念，所以偶而會聚在一起喝酒。」

美慈把信帶去書房，拿了一個資料袋出來交給乃木。

「這是什麼？」乃木疑惑的拿出裡面的資料，原來是一份房地契。

「這是當初你要離開台灣以前，轉移到我名下的房屋所有權狀，對於這棟房子，你想怎麼處理？」伯元問他。

乃木感動的看著權狀說：「我知道很多離開台灣的日本人，財產都被侵佔，我還能保有這棟房子，太感謝你了。」

「做人最基本的道理就是要講誠信，房子如果你想賣掉，我可以用合理的價格買下來。」伯元提議。

乃木立刻把所有權狀交回給美慈，爽快的說：「就賣給你吧！否則要辦過戶也麻煩。」

聊了一下午，接近晚餐時間，美慈對乃木和伯元說：「聽說在市政府旁邊新開一家店叫做林桑的餐廳，日本料理做得很好，我們就去那裡用餐吧！」

連同永隆和承杰一共五個人，就由伯元開車前往，走入餐廳大門時，看見牆上熟悉的畫作，美慈正感到疑惑，隨即看見空卿微跛著腳走過來，對於林院長夫婦的光臨，空卿比他們更意外。

「林院長，先生娘，足久無看矣。」空卿按捺住心頭的激動，招呼說。

「早就位千佳遐聽著你無死的消息，想袂到你這爾有成就，已經開餐廳矣。」美慈高興的說。

「這位是乃木醫師，你還認得嗎？」伯元用日語為他們做介紹：「他是林桑，這家餐廳的老闆，以前在北港很會演紙芝居那位。」

「就是順卿先生吧？」乃木深深的看著他。

「乃木醫生，歡迎你再度回來台灣。」空卿摘下帽子，恭敬的鞠躬。

他吩咐服務生準備一間廂房，為他們點完菜，就去廚房請沙枯拉來和大家敘舊，以前北港的櫻花食堂算是知名的餐館，乃木醫師當然也認識沙枯拉。

伯元簡單向乃木述說空卿和沙枯拉兩人的事情，對於他們的遭遇，乃木露出同情的神色。

沙枯拉來到廂房問候大家，身上已經完全沒有日本味的她，只有在說日語時，才見得到那種日本女人特有的溫柔腔調，雖然琉球的日本血統也不純正。

「在這裡見到大家，感覺像見到家人一樣，今天晚上大家一定要好好慶祝一下。」沙枯拉的笑容裡有幾許滄桑。

菜陸續端上來，生魚片、味噌湯、炸物、醋物等料理，都是用新鮮海產烹調，沙枯拉要指揮後場廚師，空卿要招呼其他客人，兩人來來去去的進出廂房，坐下來聊兩句，陪飲一杯清酒。

乃木等待一個空卿進來陪他們說話的時機，告訴空卿說：

「石原君對於當初因為衛生檢查，打了你祖母一巴掌，造成她意外死亡的事情，其實心裡也覺得歉疚。」

空卿用隱含怒氣的語調反問：「如果他有感到歉疚，為何當時不來靈前道歉？」

乃木代替石原解釋：「他說當時不知道會造成這麼嚴重的後果，事後因為他的身分是執法者，為了維持威嚴，也就不方便出面。」

「他對你說這些，是希望我會原諒他？」空卿語帶嘲弄的問。

「他並不知道我能見到你，這些是我們私下聊天時說起的。台灣對我們這些曾經來這裡生活過的日本人而言，是第二個家鄉，我們對台灣都有很深的情感。」乃木眼神誠摯的看著空卿。

「人的想法會隨時空而改變，曾經我在得知日本戰敗的當下，心裡還暗自竊喜台灣終於能脫離日本統治，沒想到這卻是另一場苦難的開始。現在我反而懷念起日本時代那種講究規則，凡事都認真負責到底的精神。」伯元感觸很深的說。

「原來你當時有這種想法？我竟然完全不知道，還以為你跟我一樣難過呢？」乃木難得幽默的說。

「畢竟我只是半個日本人而已。」伯元也幽默的回答。

「那我算不算半個台灣人？」乃木神情輕鬆的眨了眨眼睛。

永隆並不瞭解他們那一輩人的情感，在他所讀的歷史中，日本就是戰爭侵略者，對中國燒殺虜掠，澈底奴化壓榨台灣。

承杰一直安靜的聽著父母和乃木醫師用日語交談，日語和台語是他最熟悉的語言，或許回到日治時代，對他而言，才是最安全的環境。

沙枯拉又進來陪他們喝酒，談起那場造成無數生離死別的戰爭，她和乃木一致支持反戰團體，於是她又吟唱起故鄉沖繩的〈島唄〉：

刺桐花綻放，呼喚狂風，暴風雨欲來，

刺桐花亂舞，呼喚狂風，暴風雨欲來，
一再湧現的悲傷，就像越過海島的波浪，
在甘蔗林中與你相遇，在甘蔗樹下與你永別，
島歌啊！乘風而去，隨著飛鳥翱翔過海，
島歌啊！乘風而去，將我的淚傳達過去吧！
刺桐花凋零，隨波散去，
短暫微小的幸福，是浪花上的泡沫，
曾在蔗林中一起唱和的朋友啊！
就在甘蔗樹下與你永別……。

承杰出神的聽著沙枯拉吟唱〈島唄〉，聽到一半，突然掩面痛哭，久久無法自已。

*

千惠接到母親電話，要她抽空去拿石原託乃木醫師帶來台灣給她的信，兩人相隔近二十

年不見，他究竟有什麼話想對她說？當初他要離開台灣時，她曾苦等他開口約她同行，如果當時他有勇氣，她現在的命運是否會有所不同？

她近乎有些迫不及待的趕回娘家取信，當著母親的面打開信件，裡面是他整齊秀麗的筆跡：

千惠小姐收信平安：

昔日一別近二十年不見，不時會想起在台灣的那段生活，尤其是有妳關懷照顧的最後那些日子，特別想念妳。

很高興能有機會託乃木醫師帶信去給妳，希望與妳互通訊息，妳好嗎？如果有到日本探望妳的家人，我們可否一見？喝茶敘舊一番。

今生我會永遠記得在台灣有妳這位朋友，曾在我落難時給予我溫暖，謹此，獻上我最誠心的祝福。

石原康郎敬上

千惠讀完信，知道母親也很好奇內容，便遞給母親看。

美慈看完信後，隨口對千惠說：「聽講伊結婚閣離婚，一個人應該真孤單寂寞。」

千惠明白母親的意思是在提醒她，別再陷入少女時代的戀情中，人生有許多事是沒有回頭路可走的。

千惠將那封信收在背包裡，在心中想著，如果有機會見面倒也無不可，在這世間，無緣成為伴侶，就當彼此懷念祝福的朋友也很美好。

*

成為實習醫生讓永隆忙得很少參加牛車會社裡的宋江團練，其實會社裡的青年人也都各自忙著他們的工作，阿志選擇學修車，現在已經是能獨當一面的師傅，他常常告訴這些還在駕駛牛車的長輩要轉業，要去學開貨車，因為牛車很快會被時代淘汰。

添叔仔笑笑說：「各行各業攏要換新，社會才會進步，欲轉業予恁這些少年的去做就好，阮這些老欸就歸氣退休好矣。」

牛頭的年紀還不算老，真的聽兒子的話去學開卡車，後來透過牛販仔宋賣掉牛隻與牛車，買了一部卡車開始跑碼頭運貨，又申請貨運公司讓大家靠行，轉業的人逐漸增多，牛車會社裡面的牛隻越來越少，卡車越來越多，這個時代正在逐漸轉變。

有一天晚上，永隆抽空去茶棚和大家喝茶，順便練一下已經生疏的拳腳，發現有一張新面孔，阿志用國語為他們做介紹：

「他是我爸請的細工，外號叫黑熊。」

「我是台灣黑熊。」黑熊用他濃濃的山地腔國語笑著說，一張臉只有白眼球最明亮。

「你從哪裡來？」永隆問他。

「茂林。」黑熊回答。

「黑熊說要來找他的女朋友，可是他也不知道她在哪裡？」阿志替黑熊說。

「這樣你要怎麼找？」永隆皺起眉頭問。

「我知道她跟一個賣牛的白浪來高雄了，所以才來找他。」黑熊看來剛當兵回來不久，與永隆他們的年紀差不多。

「伊是想欲揣牛販仔宋呢？」永隆用台語詢問阿志。

阿志搖頭也用台語回說：「買賣牛的人毋單是伊，猶有別人咧。」

「你住在這裡嗎？」永隆指的是牛車會社裡面。

「我住在那裡。」黑熊指著愛河河畔雜草最多的區域。

「那裡沒有房子可以住。」永隆不相信的說。

「我們到哪裡都可以住。」黑熊露齒一笑，彷彿永隆問了一個笨問題。

那晚過後，永隆並沒有把這件事情放在心上，大約一個多月，有兩個人被警察送到高醫急診處，一位跛腳的傷者手臂刀傷見骨，一位肩膀被刀劃傷的人正是牛販仔宋。

永隆是實習醫生，僅能站在外科醫師旁邊當助手，雖然有替他們打麻藥，兩人還是痛得唉唉叫。醫生邊替他們縫合傷口時，邊從陪同的警察和傷者口中了解事發的原因，永隆明白了一個大概，就是牛販仔宋去山地部落仲介販賣少女到私娼寮，山地青年為營救少女，押著牛販仔宋去私娼寮救人，因此發生衝突。

「那個山地青年現在人呢？」永隆直覺那位山地青年就是黑熊，不禁替他擔心起來。

「帶著一個山地女孩跑了。」警察告訴他說。

「兩個人都得住院治療三天，沒有感染發燒才可以出院。」外科醫師吩咐。

永隆點頭，把醫囑寫在病歷上，他看著跛腳那位的名字叫邱萬成，因為聽玉蘭說過她家裡的事，猜想這位應該是玉蘭的伯父。

「他們現在是涉及刑案的犯人，住院要安排警察看守，所以就讓他們住同一個病房吧！」陪同來的警察說。

外科醫生點頭，吩咐永隆去安排住院的病房。

負責看守的警員一直坐在門外，永隆趁進去巡房時，開口問萬成：

「你敢是有一個妁孫叫做邱玉蘭？」

萬成訝異的看著他問：「你哪會知？」

永隆回答他說：「我是玉蘭的男朋友。」

萬成像有什麼心事一樣，想了片刻才對他說：「我有話想欲佮玉蘭講，你敢會使得叫伊來見我一面？」

永隆點頭答應：「好，我安排看覓。」

他從醫院打電話給玉蘭，玉蘭的反應有些激動，語氣悲切的說：

「這爾濟年伊攏無想著欲來看我，今嘛才講伊有話欲佮我講，有啥倘好講？」

「總是要來聽看伊想欲佮妳講啥？若無伊一入獄，毋知欲關偌久咧。」永隆勸說。

雖然不太情願，玉蘭還是決定來醫院一趟，永隆借了一套護士的衣服給玉蘭換上，讓她假冒護士跟他一起進入病房。

玉蘭站在萬成面前，他竟然認不出來，永隆主動告訴他：「阿伯，玉蘭來看你矣。」

萬成訝異又感慨的說：「原來玉蘭已經這爾大人矣，我完全攏袂認得矣。」

「阿伯，你有啥物話欲佮我講？」玉蘭態度冷淡的開口問他。

萬成思索著說：「恁老母佇我欲離開北港以前，有來揣我欲探聽妳的消息，我故意毋佮伊講，伊有寫一張伊的地址佮電話寄佇我遐，妳敢有想欲要？」

玉蘭情緒激動得說不出話來，只是一直流眼淚，她不知道自己想不想見她？畢竟她曾遺棄她這麼多年。

永隆主動替她回答：「阿舅你佮地址囥佇佗位？欲焉怎提予玉蘭？」

萬成告訴他們一個地址，要他們去找月嬌拿。

隔天在永隆陪同下，玉蘭去找月嬌拿地址，是在台北縣的板橋。兩人站在愛河畔，望著波光粼粼的河面沉思不語。

「妳若想欲去揣伊，我會使撥時間陪妳去。」永隆體貼的說。

玉蘭神情痛苦的回答：「我要好好想看覓。」

永隆騎腳踏車送玉蘭回家後，回到牛車會社，天色方暗，他決定去找一找黑熊有沒有躲在草叢裡，憑記憶走到黑熊所指的方向，進入草叢中沿河堤往深處走，突然一把尾端略彎的番刀便橫在他的脖子上。

「黑熊！是我！」永隆趕緊叫出他的名字。

黑熊站到他面前，看清楚他的臉後，才放下番刀，神情有些警戒的看著他問：

「你要做什麼？」

「你殺傷的兩個人正好送到我們醫院，所以你的事我都知道了，我是來勸你去投案的。你們這樣沒有辦法逃很久，主動投案可以減刑，而且你是為了救人，所以情有可原，不會判太重的刑。」永隆仔細分析給他聽。

黑熊猶豫著，從草叢中走出來一個年輕山地女孩，披頭散髮，神情憔悴。她用一連串他們的族語激動的和黑熊說話，黑熊也回了幾句像在安撫她，最後黑熊同意說：

「我會去投案，但是我的女朋友怎麼辦？她不能回山上去，很快又會被帶走。」

永隆答應說：「我會請警察帶她去一個安全的地方住下來，直到她可以去做正常的工作為止。」

兩人終於答應跟他一起去警察局，路上永隆鼓勵他們說：「在監獄裡只要不放棄夢想，未來還是有光明的前途。」

*

星期一早晨，千惠因為前一天假日生意太好，回到家又晚又累，於是睡得較晚醒來，耳裡卻傳來門外的爭吵聲。

「當初如果不是靠我幫忙，你怎麼娶得到這個老婆？跟你借些錢又怎樣？當做還我的人情不行嗎？」

「你小聲一點，她在裡面睡覺，被她聽見了不好，我真的已經沒有錢可以借你，這幾年你陸續也跟我借不少錢，就算欠你人情也早該還完了。」王永剛氣急的說，刻意壓低聲音。

「你怎麼會沒錢？你老婆那麼會賺錢，只要找她拿就有不是嗎？」

「我怎麼能找她拿錢？我沒有跟她拿錢的理由啊？」王永剛無奈的說。

「還是你希望我把實情告訴她？」

千惠索性起床走出門去，把外面兩個男人都嚇一跳。

她看清楚是王永剛的老同事趙富，兩人早就不屬於同一個單位，趙富的官階甚至比王永剛大，已經是分局的保安組長，不知道為什麼一直來借錢？

「你想告訴我什麼？說吧！我可以借錢給你。」千惠冷冷的對趙富說。

千惠向來最厭惡品性不端的人，趙富當初在北港，就是很會藉機敲詐百姓，在二二八事件爆發時，才會被打斷肋骨。

「弟妹，妳起床了？不好意思吵醒妳，我改天再來好了。」

趙富眼見王永剛急得像熱鍋上的螞蟻，便很識相的想離開，畢竟如果他把祕密說出來，也就沒有能控制王永剛的弱點了。

「如果你現在不說，以後也不用來了。」千惠語帶警告。

「那……妳能借我錢嗎？」趙富露出貪婪的嘴臉。

「你想借多少？」千惠反問。

王永剛豁出去一般，大聲阻止：「不要再借錢給他了！這些年他拿這個祕密，已經跟我借不少錢，說是借，根本就是敲詐，我會跟妳說實話，妳讓他走。」

千惠只用厭惡的眼光看著趙富，就讓趙富知道多說無益，自己摸著鼻子離開。

王永剛把當初娶千惠的經過說了一遍，承杰的事其實用錢就可以擺平，是趙富故意給王永剛製造機會，讓她以為必須嫁給他，他才能有名份幫忙送錢，才能把承杰救出來。

「你真的很卑鄙。」千惠用充滿恨意的眼光看著他，咬牙切齒的說。

王永剛神情充滿痛苦的說：「我有錯，也只是因為太愛妳。」

「你很自私。」千惠憤怒的指責。

「這世上有幾個人不自私？妳自己想想，這些年來我是怎麼對妳的，我小心翼翼的把妳捧在手心裡，生怕妳有任何不高興，我是這麼的愛妳，還不夠彌補我的錯嗎？」王永剛語氣沉痛的反問她。

千惠神情絕決的轉身走回房間，用力關上房門，留下一臉頹喪的王永剛，坐在客廳裡深深嘆氣。

懷著一股被欺騙多年的憤怒，千惠辦好護照，訂好機票，聯絡在東京的大哥，只對公公交代說要去日本一陣子，就賭氣出門。

她有十多年沒見到大哥承志了，他在日本戰敗時與日籍妻子決定留在日本，從此與台灣的家人只能靠信件保持聯繫，直到台日再恢復往來，因為他們夫妻同樣都是醫生，也都忙於工作，大部分都是父母去日本看他們。

她住在大哥家裡，兄妹倆只有夜裡才有空閒說話。她白天大部分的時間都自己去新宿逛街購物，把此行當作是出來批發貨品回堀江賣的跑單幫，她也和石原約一天見面，由他帶領她去參觀明治神宮。

明治神宮位於日本東京澀谷區，供奉明治天皇和昭憲皇太后的靈位，建於一九二〇年，這位天皇因為推行明治維新的改革，才讓日本從一個落後封建的國家，躋身國際列強之中，在中日甲午戰爭和日俄戰爭中獲勝，取得台灣、澎湖、朝鮮等地的殖民權。

明治神宮緊鄰東京原宿與新宿兩大商圈，又與代代木公園相鄰，綠蔭花木扶疏，他特別為她介紹位於神宮前南北參道交會處，高十二公尺，兩柱間距九點一公尺的大鳥居：

「這座大鳥居的木材是用台灣阿里山一千二百年的檜木製作，當初在台灣推行皇民化政策時，所建的神社都是參照這裡的形式。」

千惠神情淡然說：「強迫別的國家的人民，接受日本的神道信仰，實在是一種野蠻的行為。」

石原苦笑，也淡然回說：「當時，我認為那是屬於我們國家的。」

千惠無言，長期受日本教育，曾經她也以為自己是日本國民。

年近五十歲的石原比起離開台灣當時，更有一種成熟男性的練達，稍具風霜的臉部五官，線條沒那麼嚴厲了，變得比較溫柔親切。

千惠回憶著那些痛苦的往事，親眼目睹他用殘酷的手段處罰台灣民眾，用高高在上的態度教訓不守規矩的人，少女時期的她因為被愛慕之情矇蔽了雙眼，所以總是處處維護他，如今經過人世風霜的洗鍊，很多感覺都不同了。

「你對於自己在台灣所做過的事，懺悔過嗎？」千惠語重心長的問他。

石原用一種深思的目光看她，語氣沉緩的說：「對於被我傷害過的人，我會心存歉意，但是如果重來一次，我還是會做相同的事，因為我所處的位置讓我必須這樣做，執法如果不嚴格，台灣怎麼會有後來的進步？」

兩人緩緩走在前往神宮參觀的道路上，將近二十年的歲月，拉開了兩人之間的距離，那顆無知的少女心，就讓它留在過去的回憶裡。

千惠在日本停留半個月才回台灣，公公和兩個已經讀中學的孩子因為不知內情，單純因為想念而熱烈歡迎她，王永剛還是那副做錯事般小心翼翼的模樣，甚至是更討好的嘘寒問暖。

她對他的態度一如往昔，維持著老夫老妻的平淡，對於那個祕密，她決定隱藏在心中就好，因為還是過日子比較重要。

*

永隆與玉蘭在一九六八年結婚，兩家人決定住在一起，讓年輕人可以比較放心，所以阿春與土水從牛車會社搬到陳家住宅，宴客就在林桑海鮮餐廳舉辦。

原先世傳的房間就由阿春住，土水住樓下客房，玉蘭的房間重新裝潢成新房，因為沒有迎娶的過程，永隆前一晚和阿春睡在一起，千佳則陪玉蘭同睡，習俗上新房安床後就不能獨眠。

玉蘭被化妝師打扮好後，穿著西式新娘禮服坐在房間的椅子上，直到選擇的吉時到了，媒人婆才帶領兩人到客廳祭拜雙方祖先，向雙方長輩敬茶。有義一家人從榕樹王庄來高雄參加婚禮，招弟也帶著她的美國丈夫來向他們祝賀。

入房之後兩人坐在床沿，媒人婆端湯圓、紅棗給他們吃，說著幸福美滿、早生貴子的吉祥話，兩人喝完交杯酒後，媒人婆暫時離開，留下兩人獨處，永隆握住玉蘭的手，露出心滿意足的笑容。

招弟開門進來，直接消遣他們說：「恁以後欲牽手有的是時間，你敢會當落去樓跤陪人客，予我佮玉蘭講一下話咧？」

「恁欲講啥袂當予我聽？」永隆笑問著。

招弟故意回答：「欲講你的歹話啦！」

「若歹話我才無愛聽。」

永隆離開新房，招弟搬椅子來坐在玉蘭前面，充滿羨慕的看著她說：

「妳是一個幸福的新娘仔。」

她從手提包裡拿出珍藏多年，一直戴在手上的牛鈴遞給玉蘭，這顆銅牛鈴是她在酒吧上班時最獨特的標誌，讓她走起路來能有清脆的鈴聲相伴，經過多年的摩挲，表面十分光亮。

「招弟姊仔……。」玉蘭欲言又止。

「這是予我感覺上幸福的物件，所以我佮伊送予妳，祝妳佮永隆兄白頭偕老。」招弟衷心祝福說。

玉蘭收下銅牛鈴，關心的問：「妳真正欲綴這個美國人返去美國？」

招弟肯定的點頭：「羅伯是一個心肝足好的人，我攑伊去阮兜看我的序大人，伊一看著阮茨赫爾散赤，就主動提錢出來替阮翻起新茨，閣予我的序大人一筆生活費，我相信伊對我是真心的。」

「恁養母咧？對妳欲去美國，伊敢有講焉怎？」

「我認為我所做的已經有夠矣，自從我來蔡家予伊做養女，就無過一工好日子，到我來高雄趁錢嘛是攏交伊，若毋是伊一直逼我趁較濟錢予伊，我嘛袂去酒吧上班。」招弟語氣裡有著深深的埋怨與不滿。

玉蘭安慰說：「好家在妳有拄著羅伯，會當去美國過幸福的日子。」

招弟點點頭，露出笑容說：「以後恁會當來美國揣我蹉跎。」

有人敲門，招弟去幫忙開門，進來一對五十歲左右的男女，玉蘭向招弟介紹說：

「這是我親生的老母佮阿叔。」

招弟向他們打招呼後，讓他們進房間，自己退出去。

阿妙穿著一套米色洋裝，剪裁合身，化著淡妝的她看起來比實際年齡年輕許多。

她拿出一個紅絲絨首飾袋，拿出裡面一對龍鳳金鐲戴在她的手腕上，眼眶泛紅的對她說：

「阿母過去攏無為妳做過啥？這對金手環予妳做紀念。」

玉蘭直到要結婚前，才決定去尋找她的親生母親，那個生下她不到一年就狠心離去的女人，母女倆見面淚眼相對，她故意用冷漠的語氣問她：

「既然無要我，是焉怎欲閣返來揣我？」

阿妙泣不成聲的回答：「毋是我無要妳，是佇彼個茨內我活袂落去，恁阿嬤足疼妳無毋對，可是伊對我足刻薄的，我的人生一點仔希望都無，彼種日子欲焉怎過？」

阿良也幫著說：「恁老母離開妳，逐工都想妳想佮目屎流目屎滴，伊若毋是不得已，哪有可能佮妳放咧做伊走？」

玉蘭想起招弟被她養母虐待的情景，心裡才開始有些同情。

「多謝妳。」玉蘭看著手上的金鐲子，客氣的說。

在今天這個日子，她的母親是千佳而不是阿妙，扶養她長大的也是千佳，血緣只是一條無法斬斷的線，真正將彼此緊密相連的，是人與人之間的情義。

晚上在林桑海鮮餐廳的喜宴熱鬧滾滾，所有的親朋好友齊聚一堂，牛車會社的左鄰右舍伯元一家人，包括陳家以前的老員工都來祝賀，進丁和土水兩人高興的穿梭在賓客間敬酒，阿志他們幾個同在牛車會社練宋江的年輕輩，則忙著鬧新郎新娘，害阿春不時得出來擋酒。

喜宴結束回到家，四個大人都有些醉了，分別回房去休息，忙了一天突然安靜下來，讓新房裡獨處的兩個人都有些拘謹起來。

「你欲先去洗身軀猶是我先去洗？」玉蘭問他，老式建築只有樓下一間浴室。

「我先去洗好矣。」永隆回答。

玉蘭從衣櫃裡幫他拿內褲和睡衣。

永隆出去後，玉蘭也準備好自己的換洗衣物，是千惠阿姨特別送她的粉紅色絲質睡衣，她先在妝檯前卸妝，等永隆上來之後，換她下去洗澡，想到接下來要圓房的事，她就害羞得不敢看他。

玉蘭洗完澡換上睡衣回到房間，永隆已經躺在床上，她一直在妝檯前磨蹭著，又是擦面霜又是擦乳液，永隆一直含笑看著她，一副看她能拖到幾時的模樣。

當玉蘭終於打開桌上的小檯燈，關掉房間裡的電燈上床時，永隆一把將她攬入懷中，開始親吻她，慢慢讓她放鬆緊繃的情緒，漸漸進入忘我的小天地中，盛開的花朵綻放，生命的雨露灑在肥沃的土壤中，乘載著人們的期待與未來的希望。

*

永隆和玉蘭扶著年邁的阿春走回停車的地方，把車開回凹仔底的住家，這是他們後來買地自建的別墅住宅，趁著台灣經濟起飛，地價上漲時，玉蘭賣掉北港祖父留給她的兩甲地，加上他擔任慈愛醫院院長的收入積蓄，選擇在新開發的地區蓋一間適合四代同堂居住的寬敞房屋，他們在花園裡放置一隻赤牛銅雕，擺上收藏的牛車，讓土水和阿春可以跟孫子們講述以前的農家生活，還開闢一小塊菜園讓老人們閒暇消遣。

幾個老人在他們的孩子上中學後，先後生病過世，只剩阿春還健在，現在連他們兩個夫妻也面臨空巢期。

進丁葬在覆鼎金公墓與世傳做伴，土水落葉歸根葬在圓仔身邊，與老妻、老牛一起守護田地，千佳選擇火化入塔置於佛寺，願日日聆聽佛法，阿春也已事先買好千佳旁邊的塔位，人生的緣起緣滅，有時還真是奇妙。

永隆停好車子，扶母親進入客廳，阿春坐在椅子裡看著永隆恭敬的向蔡家與陳家兩個祖先牌位敬茶上香，他和玉蘭共生育兩男兩女，正好分別繼承兩家的姓氏與牌位，一年四節奉祀祭拜祖先，永隆絲毫都不馬虎，也叮嚀孩子日後要遵從這個兩姓間的約定。

他說這不是觀念落伍的迷信，是對祖先的承諾與心意。

香火傳承，傳遞的是人的情感與信念。

釀小說134　PG2983

牛車走過的歲月

三部曲・人間有夢

作　　者　凌　煙
故事構想　李岳峰
責任編輯　孟人玉、吳霽恆
圖文排版　許絜瑀
封面設計　王嵩賀

出版策劃　釀出版
製作發行　秀威資訊科技股份有限公司
114 台北市內湖區瑞光路76巷65號1樓
電話：+886-2-2796-3638　傳真：+886-2-2796-1377
服務信箱：service@showwe.com.tw
http://www.showwe.com.tw
郵政劃撥　19563868　戶名：秀威資訊科技股份有限公司
展售門市　國家書店【松江門市】
104 台北市中山區松江路209號1樓
電話：+886-2-2518-0207　傳真：+886-2-2518-0778
網路訂購　秀威網路書店：https://store.showwe.tw
國家網路書店：https://www.govbooks.com.tw
法律顧問　毛國樑　律師
總 經 銷　聯合發行股份有限公司
231新北市新店區寶橋路235巷6弄6號4F
電話：+886-2-2917-8022　傳真：+886-2-2915-6275

出版日期　2024年4月　BOD一版
2024年6月　BOD二版
定　　價　380元

本部作品榮獲國藝會長篇小說創作補助。

Printed in Taiwan

讀者回函卡

國家圖書館出版品預行編目

牛車走過的歲月. 三部曲, 人間有夢 / 凌煙
著. -- 一版. -- 臺北市 :釀出版, 2024.04
面； 公分. -- (釀小說 ; 134)
BOD版
ISBN 978-986-445-900-1(平裝)

863.57 112020829